給未來的你

尋找小王子

培養青少年洞察力

主編◎須文蔚

總序

給未來的你
培養抒情力、敘事力、洞察力

◎林黛嫚、須文蔚

談千禧年的問題，感覺好像才是昨天的事，結果，二十世紀過去了，二十一世紀第一個十年也過完了，時間走得比我們想像得快，未來永遠在我們前頭，我們始終伴隨著時間的腳步在追趕未來，正因為如此，了解未來是什麼樣貌，就成了趨勢專家、科學家、社會學家不能停歇的任務。

不管未來是什麼樣子，當未來成為現在，我們只需要問問自己，你準備好了嗎？台灣推動教育改革這些年來，一直努力讓學生培養追求知識的能力，這件事很多國家都在做，而且教改重點已經由知識導向轉為能力導向，由注重如何輸入知識轉向如何活用知識，也就是學習如何學習的能力、學習文化表達的能力、學習洞察事物真相的能力，而這些條件正是讓我們的下一代面對未來的能力。

我們企畫這一套書，主要就是藉由閱讀文學作品，讓國家的主人翁儲備未來必須擁有的能力。

首先未來的人才需要抒情力，抒情力是了解自己的感受，也能體察他人的情感，熟悉人與人的巧妙互動，以及在細微事物間發覺意義與目的的能力。知道如何抒發自己的感情，也才能產生同理心去理解別人的感受。

其次，世界愈來愈接近，未來人與人的互動方式雖然在改變，卻也更加密切，我們經常需要和別人溝通，但現代人主觀力強，想要說服別人，只提出論證是不夠的，要用迷人的故事來打動人，告訴對方為什麼一加一等於二，不如編一個一加一等於二的故事，所以我們需要敘事力。

最後，未來的世界需要更多的狂想與創意，而我們的教育一直壓抑想像力的運作，以至於我們嫻熟於課本上的知識，卻缺乏對自我、自然和社會的洞察力。未來需要的人才要先能掙脫傳統的框架，憑藉的就是特殊的洞察能力。

四十多位作家，四十多篇優美的文章，告訴你如何培養抒情力、敘事力、洞察力，未來在等待著你，擁有這些能力，你就是未來的人才。讓我們一起開展學習的閱讀之旅吧。

編者序

體驗生活，擦出創意火花

須文蔚

我們已經從農業的社會，轉型到知識工作者的社會，現在又進化到一個創作者和諮商者、模式辨認者與意義賦予者的社會。青少年和家長都覺得社會變得太快了，要成為未來的人才，究竟需要何種知識、能力和專業？聯合國發展組織計畫資深諮詢師Jean Houston指出，未來社會需要的人才，將是「擁有多種熱情的人，展現多元的興趣組合和開放的胸襟。這種人是極致的『社會藝術家』，最符合當今全球化社會的需求。」用一個簡單的詞彙形容未來人才的特質，就是具有「洞察力」。

究竟洞察力有多重要？英國創意、文化與教育協會（Creativity, Culture and Education; CCE）的研究報告說：「學生未來所從事的行業，百分之六十目前尚未出現。」所以先不要設定自己的框架或專業，而是要讓自己更具洞察力，能夠成為「破格」而出的創意人才。

可是「破格」並不容易，在傳統的教育體制，在威嚴的家庭結構下，我們很難真正認知自己，很難讓天賦自由，更難隨心所欲選擇發展方向。多半的青少年缺乏獨立思考的能力，創造力自然不足。所以培養洞察力的第一步就是學著了解自己，才夠理解框架，然後順著框架，把自己再延伸出去。

洞察力不能夠教，但可以體驗。吳靜吉教授在傳授創意的祕訣時說：「最好暫時抽離習慣的環境，找出讓你感到有興趣的事物去體驗。在差異的環境中，你會有些自我對話，而當新舊事物連結時，創意的火花就可能產生。」因此，青少年應當多壯遊，透過接近自然山川，體驗自然生態，慢慢行走與觀察，藉由流浪去累積一生的養分。

面對社會劇烈的變遷，青少年更要具備批判社會與認識環境的能力，不人云亦云，才能夠不隨波逐流。因此洞察力的另一個面向是鑑賞社會與文化，進一步善用個人的生命經驗與學校的課堂所學，把個體的熱情發展成群體的行動力量，無論是成為動人的藝術家，改善生活的科學家或是改革社會的政治家，都需要具有關照人情義理的能力。

謹以《尋找小王子》這本書，獻給所有曾經擁有洞察力的讀者，誠如《小王子》書中說：「所有的大人都曾經是小孩，但是他們大都忘記了。」因為大人遺忘了想像與洞察的能力，我們必須寬容大人他們所不能理解的事。希望青少年讀者能夠重拾洞察力，勇敢發揮天賦，感動自我，相信夢想，努力飛翔在屬於自己的藍天。

編者序

目錄

目錄

想飛

徐志摩

假如這時候窗子外有雪——街上，城牆上，屋脊上，都是雪，胡同口一家屋簷下偎著一個戴黑帽兒的巡警，半攏著睡眼，看棉團似的雪花在半空中跳著玩……假如這夜是一個深極了的啊，不是壁上掛鐘的時針指示給我們看的深夜，這深就比是一個山洞的深，一個往下鑽螺旋形的山洞的深……

假如我能有這樣一個深夜，它那無底的陰森撚起我遍體的毫管；再能有窗子外不住往下篩的雪，篩淡了遠近間揚動的市謠；篩泯了在泥道上掙扎的車輪；篩滅了腦殼中不妥協的潛流……

我要那深，我要那靜。那在樹蔭濃密處躲著的夜鷹，輕易不敢在天光還在照亮時出來睜眼。思想，它也得等。

青天裡有一點子黑的。正衝著太陽耀眼，望不真，你把手遮著眼、對著那兩株樹縫裡瞧，黑的，有排子來大，不，有桃子來大——嘿，又移著往西了！

我們吃了中飯出來到海邊去。（這是英國康槐爾極南的一角，三面是大西洋）。勖麗麗的叫聲從我們的腳底下勻勻的往上顫，齊著腰，到了肩高，過了頭頂，高入了雲，高出了雲。

啊！你能不能把一種急震的樂音想像成一陣光明的細雨，從藍天裡衝著這平鋪著青綠的地面不住地下？不，那雨點都是跳舞的小腳，安琪兒的。雲雀們也吃過了飯，離開了它們卑微的地巢飛往高處做工去。上帝給它們的工作，替上帝做的工作。瞧著，這兒一隻，那邊又起了兩隻！一起就衝著天頂飛，小翅膀活動得多快活，圓圓的，不躊躇地飛，——它們就認識青天。一起就開口唱，小嗓子活動得多快活，一顆顆小精圓珠子直往外唾，亮亮地唾，脆脆地唾，——它們讚美的是青天。瞧著，這飛得多高，有豆子大，有芝麻大，黑刺刺的一屑，直頂著無底的天頂細細的搖，——這全看不見了，影子都沒了！但這光明的細雨還是不住地下著……

飛。「其翼若垂天之雲……背負蒼天，而莫之夭閼者；」那不容易見著。我們鎮上東關廂外有一座黃泥山，山頂上有一座七層的塔，塔尖頂著天。塔院裡常常打鐘，鐘聲響動時，那在太陽西晒的時候多，一枝豔豔的大紅花貼在西山的鬢邊回照著塔山上的雲彩，——鐘聲響動時，繞著塔頂尖，摩著塔頂天，穿著塔頂雲，有一隻兩隻，有時三隻四隻有時五隻六隻蜷著爪往地面瞧的「餓老鷹」，撐開了它們灰蒼蒼的大翅膀沒掛戀似的在盤旋，在半空中浮著，在晚風中泅著，彷彿是按著塔院鐘的波蕩來練習圓舞似的。那是我做孩子時的「大鵬」？

有時好天抬頭不見一瓣雲的時候聽著貌憂憂的叫聲，我們就知道那是寶塔上的餓老鷹尋食吃來了，這一想像半天裡禿頂圓睛的英雄，我們背上的小翅膀骨上就彷彿豁出了一銼銼鐵刷似的羽毛，搖起來呼呼聲的，只一擺就衝出了書房門，鑽入了玳瑁鑲邊的白雲裡玩兒去，誰耐煩站在先生書桌前晃著身子背早上上的多難背的書！

啊！飛！不是那在樹枝上矮矮的跳著麻雀兒的飛；不是

那湊天黑從堂匾後背衝出來趕蚊子吃的蝙蝠的飛；也不是那軟尾巴軟嗓於做集在堂簷上的燕子的飛。要飛就得滿天飛，風攔不住雲擋不住的飛，一翅膀就跳過一座山頭，影子下來遮得陰二十畝稻田的飛，要天晚飛倦了就來繞著那塔頂尖順著風向打圓圈做夢……聽說餓老鷹會抓小雞！

飛。人們原來都是會飛的。天使們有翅膀，會飛，我們初來時也有翅膀，會飛。我們最初來就是飛了來的，有的做完了事還是飛了去，他們是可羨慕的。但大多數人是忘了飛的，有的翅膀上掉毛不長再也飛不起來，有的翅膀教膠水給膠住了，融拉不開，有的羽毛教人給修短了像鴿子似的只會在地上跳，有的拿背上一對翅膀上當鋪去典錢使過了期再也贖不回……真的，我們一過了做孩子的日子就掉了飛的本領。

但沒了翅膀或是翅膀壞了不能用是一件可怕的事。因為你再也飛不回去，你蹲在地上呆望著飛不上去的天，看旁人有福氣的一程一程的在青雲裡逍遙，那多可憐。而且翅膀又不比是你腳上的鞋，穿爛了可以再問媽要一雙去，翅膀可不成，折了一根毛就是一根，沒法給補的。還有，單顧著你翅膀也還不定規到時候能飛，你這身子要是不謹慎養太肥了，翅膀力量小也再也拖不起，也是一樣難不是？

一對小翅膀馱不起一個胖肚子，那情形多可笑！到時候你聽人家高聲的招呼說，朋友，回去罷，趁這天還有紫色的光，你聽他們的翅膀在半空中沙沙的搖響，朵朵的春雲跳過來擁著他們的肩背，望著最光明的來處翩翩的，冉冉的，輕煙似的化出了你的視域，像雲雀似的只留下一瀉光明的驟雨──「Thou art unseen, but yet I hear the shrill delight.」（編按：引自英國浪漫詩人雪萊〈To A Skylark〉詩句。）──那你，獨自在泥塗裡淹著，夠多難受，夠多懊惱，夠多寒傖！趁早留神你的翅膀，朋友。

是人沒有不想飛的。老是在這地面上爬著夠多厭煩，不說別的。飛出這圈子，飛出這圈子！到雲端裡去，到雲端裡去！那個心裡不成天千百遍的這麼想？飛上天空去浮著，看地球這彈丸在太空裡滾著，從陸地看到海、從海再看回陸地。凌空去看一個明白——這本是做人的趣味，做人的權威，做人的交代。這皮囊要是太重挪不動，就擲了它，可能的話，飛出這圈子，飛出這圈子！

人類初發明用石器的時候，已經想長翅膀，想飛，原人洞壁上畫的四不像，它的背上掮著翅膀；拿著弓箭趕野獸的，他那肩背上也給安了翅膀。小愛神是有一對粉嫩的肉翅的。挨開拉斯（Icarus）是人類飛行史裡第一個英雄，第一次犧牲。

（編按：在希臘神話中，挨開拉斯使用蠟造的翼逃離克里特島時，因飛得太高，雙翼遭太陽熔化而跌落水中喪生。）安琪兒（那是理想化的人）第一個標記是幫助他們飛行的翅膀。那也有沿革——你看西洋書上的表現。最初像一對小精緻的令旗，蝴蝶似的黏在安琪兒們的背上，像真的，不靈動的。漸漸的翅膀長大了，地位安準了，毛羽豐滿了。畫圖上的天使們長上了真的可能的翅膀。人類初次實現了翅膀的觀念，徹悟了飛行的意義。挨開拉斯閃不死的靈魂，回來投生又投生。

人類最大的使命，是製造翅膀；最大的成功是飛！理想的極度，想像的止境，從人到神！詩是翅膀上出世的；哲理是在空中盤旋的。飛：超脫一切，籠蓋一切，掃蕩一切，吞吐一切。你上那邊山峰頂上試去，要是度不到這邊山峰上，你就得這萬丈的深淵裡去找你的葬身地！

這人形的鳥會有一天試他第一次的飛行給這世界驚駭，使所有的著作讚美，給他所從來的棲息處永久的光榮啊！達文西！

但是飛？自從挨開拉斯以來，人類的工作是製造翅膀，還是束縛翅膀？這翅膀，承上了文明的重量，還能飛嗎？都是飛了來的，還都能飛了回去嗎？鉗住了，烙住了，壓住了，——這人形的鳥會有試他第一次飛行的一天嗎？……

同時天上那一點子黑的已經迫近在我的頭頂，形成了一架鳥形的機器，忽的機沿一側，一球光直往下注，砰的一聲炸響，——炸碎了我在飛行中的幻想，青天裡平添了幾堆破碎的浮雲。

——選自《自剖》（百花文藝，2005）

賞析

一九一九年，二十二歲的徐志摩在父母的期許下，進入哥倫比亞大學經濟系，希望學習一套經世救國的學問。可是喜好文學的他，很快就發現創作才是他的興趣，於是進行了一場家庭革命，順從本心去英國進修文學與哲學。他追求愛、自由與美的熱情，他活潑、好動、瀟灑空靈的個性，與他的才華一起飛翔在文壇，開創出徐志摩詩特有的飛動飄逸的藝術風格，一篇篇音韻優美的詩篇跨越時代，至今傳誦在人們的口中。

徐志摩不僅詩寫得好，他的散文更為深刻。他快如閃電般的感性，表現在文字中，增加了他散文的流動性。他善於反覆描述與辯論現象或觀念，造就繁複華麗的印象。〈想飛〉一文中，飛翔的想像有實際的、精神的與夢想的多個層次，像是煙火競放，美麗的意象不斷湧現，同時動人的思維又如清泉汩汩，一瀉千里，確實美不勝收。

〈想飛〉一文寫在一九二五年，是他人生中比較低沉的一段時間，所以開篇出現了往下鑽螺旋形的山洞、深夜、市謠、泥道等陰暗與負面的景象，彷如置身於一場惡夢中。但徐志摩以飛行的想像，振奮自己的情緒，剖析自己的思想，分析自己的情懷，反省自己的人生，同時提醒讀者：「飛。人們原來都是會飛的。天使們有翅膀，會飛，我們初來時也有翅膀，會飛。我們最初來就是飛了來的，有的做完了事還是飛了去，他們是可羨慕的。但大多數人是忘了飛的。」徐志摩揭示了詩人創造力的來源，就是不停召喚童稚的想像力，不讓現實壓抑理想。〈想飛〉一文感情濃烈，文筆生動，富有詩意，值得反覆咀嚼。

想一想

1 文章中提到：「我們最初來就是飛了來的，有的做完了事還是飛了去，他們是可羨慕的。但大多數人是忘了飛的。」請討論一下，想飛、想像力與洞察力的關連性。

2 請找出中國與希臘神話中，各一個有關飛行的傳說，想一想人們為什麼那麼渴望飛行？

地上歲月

陳列

父親的身影消失在農路遠處，他要去大約一里外的玉米田查看明天是否適於施肥和培土。玉米就要吐穗了，這幾天夜裡的小雨正給了落肥一個好時機。剛才，我們一起坐在這個圳堤上休息，父親望著又漸潮陰起來的天空，終於說，剩下的兩行梔子花的除草工作留給我獨自完成。

已經幾個月不曾下田工作了，這次回鄉的五天來，三天幫著翻曬收成的一期稻，兩天和父親在這塊花田裡挖除攀纏在枝葉間的雞屎藤，似乎也不覺得怎麼勞累。有些住在城裡的朋友問我說，我真的種過田嗎。真希望他們能聞聞我這時全身的汗土味。哪個來自鄉下的孩子沒有耕耘收藏的經驗呢？記憶裡最鮮明的聲色都是和農事有關的：雞啼時分起床，和相互幫忙的鄰人連踏幾個小時笨重的老式甘薯切籤機，然後抹乾全身的汗水，穿上制服，坐六點二十分的小火車到十六公里外的中學去；騎著單車到連綿數十甲的糖廠蔗園，收割耕牛一天所需的大量飼草；站在水深及腰的水溝裡，撈起浸泡經月的黃麻，摔洗腐去的表皮，濺起的黑水在劈啪聲中飛落整個頭和上身；戴上口罩和手套，背著噴霧筒，在齊膝的午後稻田間噴灑農藥。這些和其他更多的勞動，現在想來，其實正是我和這片天地的強韌牽繫，而且一直是我離鄉讀書和工作時經常顯現腦際的圖像。

偶爾我會覺得，一個人童年或青少年時候的幸與不幸有時是很難說的；父母在盡力之後，仍然無能給我一般所謂的最佳栽培，部分由大地來彌補，來啟示我。祖先和我都流注過血汗的每一塊田，包括這片梔子花田在內，都曾經是我疲憊惶惑時注視的對象；我坐在田壠上，或走在作物間，看著同樣疲倦的大地上長出的綠色生命，或者和它說話，或者什麼也不想，讓它容納我，提醒我責任的意義。十多年的學校教育給了我較複雜的知識，土地則點點滴滴地將更深邃的某些東西注入我的心胸裡，其中包括了關懷、希望、自由以及和村人一體的感覺。

當我赤著腳，在村中小店裡與人閒聊，在田間的路上與相遇的鄰居佇立著談桑話麻時，我才體會到，知識理論有時也可以是虛妄的。此時存在於我們之間的是一個彼此不必費心再去界定的情境，因為我們有著類似的衣食住行和育樂，看到的是相同的天空。與莊稼無關的書本遠了，我該努力閱讀的是他們褐紅的臉孔，這些容貌講述著生活中的苦痛和歡笑。

大體說來，農村生活是平靜的，農人的歲月往往仍是從播種到收穫之間日出而作、日入而息的單純過程。他們把大部分的時間用在謀生上，並且以工作代替幻想，累了就睡。晚上不到十點，除了偶爾幾聲疏落的狗吠和嬰孩的啼哭之外，整個村子就幾乎完全靜下來了。那也許是個適合覽讀紀德的《地糧》之夜——真摯而溫馨，然而對他們來說，那純粹是歇息的時刻。所謂的文化活動，大概就是磚屋裡的談話、清晨喧譁的菜市場和電視上的節目。日子不甚輝煌，甚至於還帶點宿命。但是，你能說這些全心全意的人也有失敗的生命嗎？農人那種對土地的執著，即使含有因代代相傳而來的強迫責任和保守情感，土地必定也一直令他們覺得有所擔當和歸屬，並因而使他們有著某種說不出的永恆感的吧。

生命的庸淡和悲愴畢竟都是可以忍受的。就像以往一樣，風雨傷痛總會過去。看著一片忽然在夜裡長出嫩芽的菜園和終於到來的圳水，以及晚飯後躺在土埕的竹椅上觀望微風的星空，摩娑著腳底粗硬的厚繭，並且時而聽幾聲小兒子在廳堂裡朗讀嘰哩呱啦的英文，確信下一代將比自己得到更多的呵護，明天的活力便又來了。而，這種堅韌的生存意志，正就是社會進展的保證了。

就以這塊梔子花田來說吧。本來，它也和附近的田地一樣，除了一年一作的水稻而外，其餘時候總是在有限的雜糧間作一定的選擇；去年花生的價格低落，今年就改種黃麻或地瓜。後來，有一段時期，怎樣的變換都是一個樣。對這個現象，各有各的說法。父親或許並不十分了解諸如經濟轉型、經營型態、糧價政策和計畫產銷等等名詞的意義，他知道的事實是：放在地上的心力並沒有得到應有的回報，而人還是得要活下去。因此，他不斷在這塊不敢對它存有太多指望的祖田上奮鬥掙扎，先後種過多年生的麻竹和芭樂，最後則是這些已成長了三年多的梔子花。

梔子花並非傳統作物，在鄉間難得一見。當年，父親怎麼會種它，我不確知；我那時遠在異地，只能從信中揣度他的憂慮，想像他獨自坐在沉寂的田野裡，注視著這塊年年令他不知所措的祖田而困思的情況。後來，可能由於某項外銷的傳聞，某本農業雜誌的報導，或是某個商人的慫恿，他就那樣地孤注一試了。做這種決定必然是相當困難的吧；樹苗一種，必須等兩年之後才會開花結果和有收穫，如果到時梔子又像以前的蘆筍、芭樂一樣，價格又告慘跌，又有誰來收拾他的幻夢呢？

在某些人想來，白色的梔子花是嬌柔香純的，種這種植物毋寧是高雅的行為，而這兩天來，父親和我在賣力挖除的那些雞屎藤所開出的簇簇紅心白瓣碎花，如果在風裡招搖，必定也會使不少人讚歎的吧。能欣賞美原是一種幸福。可是對兩天來的父親和我而言，美別有內容。我們所以偏愛梔子的白花，並且設法加以促成和保護，絕非因為它比較美，而是由於我們期望花謝之後能有繁碩的果實。花開花謝已經不是引人遐思的意象了。花只是必要的過程，而非目的。哲人甚至能從一朵花中看世界，那真令人羨慕，我們看到的卻是冬天的某個日子，到時，我們便在髒黑密悶的枝葉間尋找熟黃的果子，把它們摘下、蒸煮、曝曬個一整月，然後賣給出價最高的北來商人，銷到日本去。

美本該無關乎現實，尤其是大自然裡山水花木星雲的色彩與樣觀，都是可喜可欲的邀請。它讓你在觀賞中感到愉悅，在省思中有所領悟和提升，或者像浪漫派詩人華滋渥斯那樣，從雲塊遠近相接的寧靜臉龐上讀出難以言說的愛。我要說的只是，當美感只為賞玩時，其中並無多大的扣人心弦處。有一次，在淡水看到一位攝影家架起組件精雜的相機在河邊等待落日，而且僱請一位漁人架著舢舨在預定的時間划過鏡頭中的水上。我從渡船口的魚攤旁走過，猛想著：那位船夫事後看到那一剎那間攝下的那幅美麗畫面時，不知會有怎樣的愉快感覺？現在，當我環顧四周的時候，我總覺得，除了這片寂靜大地的聲音之外，最深的美質就是農人那種對生活永不放手的心靈了。

然而，農人本身卻是最少歌頌田園景致的。那是由於親和關係而形成的類似「相忘於江湖」的情懷嗎？或只因為長期的熟識已使他們對天地之美無動於衷了呢？這些似乎也都不必去辨明了。要緊的是，我們或者可以試著學習不只看到物的表象，而更要領會它在律動和開展中的自由和力量來源。這樣，有一天，當我們一起看到起伏於晚風中的金色稻穗，或唯美電影中俊男俏女身後的鮮黃油菜子花田時，我們可能就會有相同的欣喜了，而當我們一塊兒聞到泥土或草葉的芳香時，我們也都知道，幾天前，它可能有過堆肥、糞尿或農藥的臭味。

對於大自然，人的態度往往是很曖昧的：既欣賞，又畏懼；既崇敬，卻又要加以征服。其實，自然世界只是一個無所感的存在罷了，對人類的苦樂永遠保持中立。雖然它曾以其或溫柔或雄偉的美撫慰過不少心靈，並且一直在發揮它的滋育作用，使人類生命得以維持和傳遞，使文明得以產生和進展，它也不時露出狂暴的面目，造成了極多的痛楚。在農村裡，大自然曾經幾乎完全操縱著人們的悲歡；陽光、風雨、氣候，甚至於土質，仍是影響作物生產的最大力量。在神祕不可解的年代中，對它的敬畏使人們傾向於泛神論。現在，人們雖還在心底裡尊重大自然，一方面卻已在物質主義的驅使下，開始對它進行有形無形的改造工作了。農人膜拜祭祀自然時所有的臣服與感恩意味逐漸淡了，祭拜的盛會也終將會慢慢式微成平淡生活中的興奮點綴。

從受制於自然，了解自然，到企圖加以改變的過程，大概就是文明的演進了。十幾年前，這附近的田地各種形狀都有，田埂小路狹窄彎曲，扛著收成的五穀到停放在遠處的牛車上時，常覺顛晃難行。後來，農地重劃了，劃成一定長寬的耕作單位，農路和水渠整齊一致。每次看著這些一塊塊不同狀貌和色度的四方形作物時，常會覺得，即使當時重劃時有過不愉快的事，能將鄉野文明化還是很好的。如果過去是一種雜亂無章的野趣，眼前的這些井然的線條和方便，則代表了科技時代的實用與秩序之美。

冬來之後，農路那排木麻黃後面一望無際的甘蔗農場就會不時升起火煙，把蔗葉燒去，一部採收機就能夠一貫作業地在一天之內將好幾甲的甘蔗送入糖廠內。以前的那些一字排開前進的掘蔗頭男工和削蔗尾女工不見了，在一高一低的蔗畦間前行的牛車則閒置在一些人家的庭院內，在日光和風雨中逐漸鏽去。許多青春的人力投入工商陣容裡，以他們的勤勞本色在另個領域裡謀得生活的需要。諸如此類的耕作方式的更易就是這樣使不少人的生活內容改變了。而，這片梔子花所以會出現在這個平原上，甚至還能飄洋過海，不也是時代的關係嗎？小時候在田間工作時，抬頭瞧著轟隆而過的小火車，心裡總會興起祕密的盼望，盼望將來能坐在它上面，到遠方熱鬧的城市。只是我當時還不知道鐵路穿過農田所代表的文明涵義，不曉得每一種文明似乎都會帶來報應。

在這方面，獲得與喪失是相對的。塑膠紙袋給了人便利和衛生，卻成了農家的一個不大不小的麻煩，因為若丟入垃圾裡，它永遠也不會腐爛成作物所需的堆肥。農村裡因耕種型態的改變而少了很多牛隻，土地重劃時開築的水圳內外所長出的雜草，因沒有牛的吃食而整年茂盛，阻礙了灌溉的水流。村外的那條溪已不適於游泳和釣魚了，因為上游的若干工廠已將它汙染了好幾年。這些也許都是較易補救或解決的，貪婪與混亂才是現代文明的最大後遺症。

土地一向是農人最根本的信靠，祖先留給他們的，他們據以耕植和養育子女，因此，一塊土地的好壞端看它的酸鹼程度與會否浸水而定。但由於時勢的發展，有些人已變得只關心它是不是能蓋房子，並且把他人和整個社會看成賺取的對象。當金錢成為最高目的時，耕作當然成了笑柄，誠實和辛勤不再是美德，生活當中的一些原應重視的價值棄置一旁，而貪婪的心則無限伸張。這些人表現於外的是全然的粗鄙：新建的樓房內外貼滿磁磚、壁上掛的全是民意代表贈送的匾額，濫飲聚賭，耽溺於坐享其成。傳統農村中溫厚的長者遠了，他們則儼然成了村子裡的新興士紳和道德裁判者。

這些事實在是很使人洩氣的。但我也知道，我該深記且應頻頻回顧的，乃是更多的那些默默為自己和下一代努力不懈的人。人的存在若有任何價值的話，並不是因為他們活著，吃喝睡覺，而後死去，而在於他們的心中永遠保有著一個道德地帶。

生活有時的確是不好言詮的。昨晚，我坐在家裡的埕上，忽然憶起童年常一起在月光下玩踢銅罐遊戲的伙伴們。他們當中，有的已經不知去向，有一個任職於鄉公所，一個在高雄碼頭走私，一個在北投賣芭樂，一個開起了貿易公司，也有好幾個仍留在鄉下堅苦奮鬥。所以我想，生活並不是高調，生活只是這類活生生的生存而已。其實，怎樣的作為才叫高尚和意義呢？獻身盡力原不必只是烈士的鮮血哪！

這五天來的工作，已使我這雙先前還在翻著書頁、拿著筆的手變厚變粗了，掌上並且結了八個繭，指甲內積藏著泥垢，而全部的這些看起來卻只令人感到生活的真實。同時，我還看到上面的許多或大或小的疤痕。每個疤痕都是一個故事，而且幾乎都是某個忙於莊稼的時刻留下的。割傷或砍傷的當時必定有過疼痛或恐懼的吧，但這些疼痛和恐懼到底已全忘記了，只有這些傷痕留下來，作為成長歲月裡的印記。現在，父親去到另一塊田裡斟酌明天的工作內容，而把這片梔子花田未完的工作交給我，那是一種信任和期許。重要的是，我們都知道，工作的地點雖異，卻同在為著一個更美好的目標而致力。

——選自《中國時報》（1981.10.08）

賞析

陳列本名陳瑞麟，台灣嘉義人，一九四六年出生於嘉義，淡江大學英文系畢業後，移居花蓮擔任國中英語教師。一九七一年，正在念研究所的陳列因為組織讀書會，被誣陷政治罪名入獄。出獄後從事翻譯和創作，曾以〈無怨〉與〈地上歲月〉兩篇文章，連續兩年獲得時報文學獎散文組首獎，撼動文壇，也證明陳列在散文寫作上的成就非凡。

陳列對散文寫作的觀點是：「我在這塊土地上生活、走動，經歷見聞的某些人和事物曾令我感動、不安或憤懣。我的散文，大抵是這一類情思的記錄。」〈地上歲月〉正是一場豐富的農村經驗與走踏的感懷。

當現代人的生活距離土地、農村與鄰人都愈來愈遠，〈地上歲月〉特別帶領讀者貼近土地、溪水、農作人，讓我們理解到不僅僅要從書本看世界，更要閱讀自然與農人的臉孔，方能理解真實的生活。陳列更提出他的觀察與倫理觀念：「土地則點點滴滴地將更深邃的某些東西注入我的心胸裡，其中包括了關懷、希望、自由以及和村人一體的感覺。」土地開發了作家的認同感與責任感，更讓我們理解到必須與田壤親密生活在一起，種植與勞動，乃至於和鄰人閒聊，才能夠體會到真正值得付出的熱情、動力和生命力。

〈地上歲月〉絕非一篇單純的農村生活記錄，他以行走台灣土地的方式，細膩的思辨，展現台灣土地的生命哲學，其中更深刻地辯證文明開發與自然環境的衝突，同時表現出人道主義者的關懷，使得這篇文筆細膩的散文，洋溢著溫暖的光芒。

想一想

1 請找一則科技新貴到鄉下務農的新聞，說明一下他們的理由。

鳥人

劉克襄

透過望遠鏡，對準一隻遠方的鳥，將牠拉近，放大於眼前，然後，翻開一本鳥類圖鑑，逐一對照，查詢牠正確的名字與解釋。他，或者他們，經常旅行於山上，海邊與郊野，甚至就近在城市觀察。這種人，過去在台灣並不多見，也許只有幾百人吧。近幾年，隨著傳播媒體的介紹，他們的活動逐漸廣為人知，參與的人數也急遽增加，並且擁有了一個專門的稱呼——「鳥人」。

鳥人，這個看來十分詼諧，時常被人戲謔的新名詞就這樣誕生了。然而這個名詞的出現，背後的涵義卻十分深沉而重大。它，毋寧是代表著一個現代工業文明裡，大多數中產階級需要良好生活環境的指標，一個最普通的基準點。

不過，要當一個真正的鳥人並非易事，雖然有些西方的賞鳥大師聲稱：「每個人心中都隱藏著一隻鳥。」卻不是每個人都能感受到。為什麼每個人都可能是鳥人？因為每個人都愛好自然，每個人心中潛伏著的鳥，就等於自然的象徵。只可惜大多數人生活在都市文明中，已將這隻鳥禁錮在心裡無形的鐵籠裡，忘卻打開門，讓牠掙脫飛離。所以，後來又有「火種」之說盛行。

「你為什麼去賞鳥？」

多半人的回答也許各有說詞，我卻可以告訴你，一個基本不變的標準答案，這就是他的「火種」被點燃了。

至於如何被點燃的，我試著以自己知道的幾則小故事，跟大家分享。或許，這也是有些喜愛自然的人，促發賞鳥動機的主因。

「有一個人住在市區裡，每天早晨喜歡到公園打太極拳。不久，他一邊練拳，一邊注意到樹林裡的鳥啼，心裡十分好奇，於是悄悄走近聆聽，愈聽愈有趣，乾脆拳也不打了，獨自坐在附近憩息，觀察鳥類的棲息。回家後，他到街上買了一本鳥類圖鑑對照，費了一段時候，找到鳥名時，居然高興地手舞足蹈。以後，他就每天帶著鳥書去公園，開始踏上賞鳥的路途。」

「有一個人在西海岸的鹽田釣魚。長時間枯坐下，突然看見一隻羽翼有著斑狀白團的大鳥，赫然盤旋空中，原來是喜鵲。那是他第一次遇到，魚不來，整個注意力便轉移到喜鵲身上，靜靜觀察牠的活動。往昔，他從未如此詳細地注意鳥類的行為。喜鵲就在他蹲坐前方十幾步遠處的禿樹落腳。牠的羽色，以及一舉一動都教他著迷，不斷地搖頭讚賞。那天以後，他到海邊釣魚，變得視野開闊了。他發現鹽田附近，常有水鳥出現，於是乾脆買了望遠鏡與圖鑑一起釣魚。隨著日子一久，他到海邊時，魚竿已留在家裡。對他而言，賞鳥的興趣已遠遠超過前者。」

「有一個人經常趁例假日到郊區登山。有一回，他在步道邂逅一隻火紅顏色的小鳥，從眼前急促短啼兩聲飛掠過去。那是山裡常見的紅山椒鳥，台灣森林的皇后。這次以後的森林旅行，他便特別注意到紅山椒鳥，經常成群往返於溪澗兩岸的樹林。他也發現紅山椒鳥旁邊，時常伴隨著一種黃色小鳥，牠們是母紅山椒鳥。另外又有一種全身灰黑，比烏秋瘦小的鳥種，也時常隨侍在側。他到書店翻查鳥類圖鑑，發現原來是一種山鳥叫小剪尾。一高興下，他將書買回家翻讀。以後到山裡旅行，開始注意其他鳥類的活動。最後，上山賞鳥變成他最重要的目的了。」

上述的三個故事，都是本身喜愛戶外休閒活動，經常接觸自然的人。理所當然，一下子就被點燃「火種」了。

另外還有一種人，比較「頑冥不靈」——可能是大部分人吧——大概也愛自然，但礙於時空的限制，鎮日生活於都會城市，少有接觸鳥獸草木的變遷、移轉。縱使偶爾外出旅行一番，也無法強烈地被自然的神祕魅力所吸引。我自己也是這一類型的人，但最後，還是走上了賞鳥的途徑，還經由鳥類的棲息環境，擴大了關懷的範圍，漸漸憂心我們的生存空間。

以下就是我的經歷：

一九八〇年初，我抵達左營服役，以海軍少尉預官的身分，在軍艦待了一年半載。這一段日子裡，一直跟隨軍艦飄泊於台灣海峽與太平洋。

我們的軍艦一出海航行通常總要三兩天。在船上的生活，日常起居自然囿於船艙裡。我和一位軍醫官共寢一室，房間大約兩個榻榻米寬，我們分睡上下鋪。除了睡覺，剩下來的空間，僅容一人做伏地挺身；每天必須的洗澡、刷牙、讀書等工作，都需要一個人躺入床上，另一個人才能進行活動。

出海巡行時，每天睡覺、醒來，進入耳朵的盡是浪潮拍打、機器撞擊的聲音；攝入眼裡的也離不開鐵製的各種物品。探頭外望，四周海水茫茫，不見一物。每個人都一直在重複著睡覺、值更、進食、睡覺、值更……等單詞的動作。如此枯寂、無聊的生活中，人人變得心緒不寧，經常為小事齟齬，水兵之間鬥毆、酗酒之事也不時發生。

值更是二十四小時不定期地輪迴，分三班制，每更四小時，我們經常晨昏顛倒，生活毫無秩序。這時，我是航行副值更官，頸間經常懸垂一副20×50的雙筒望遠鏡，職責是記載航泊日誌，與監守雷達替船隻定位，有時也幫值更官督促舵房（駕駛台）左右舷的瞭望兵觀察四周。

每回上舵房值更，除了固定十分鐘的船隻定位與記載日誌，我最喜歡在兩舷瞭望，無心地遠眺海面。這也是船上生活的人時常的舉動。如果此時海面出現另一艘船，甚至只有一塊浮木而已，都會變成引人注意、議論的話題。

九月時，一次七級風浪中，我們的船從基隆南下，沿西海岸到左營。這天經過大肚溪口時，我注意到雷達左方有一片黃點迅速移動。最初，以為是雲團，速度卻超出我所想像。一時狐疑，我急忙跑到左舷，用望遠鏡觀察。一遠看，老天！整個天空盡是飛行的水鴨，好像蝗蟲群一樣漸漸接近。甲板上的水兵看到這一景象也嚇傻了。下更以後，我告訴躺在床上暈船的醫官，他根本毫無興致聽下去。事後，我似乎也漸漸淡忘，只是以後值更，我會特別注意雷達上的動靜，也十分細心地觀察海面。

等軍艦回到澎湖測天島後，我們開始海上操演。這時軍艦進港出港一如平常吃飯，兩三個月內不下百次。不管從西嶼或桶盤嶼進出，由於水鴨群的經驗，我總是取出望遠鏡觀察島嶼附近來往飛行的海鳥。然而苦於手中沒有鳥書，完全不認識。等回到台灣以後，才急著到街上購買一冊。從書中，我又學得只要心中記住的，不管識與不識，都要素描下來，記載時間位置，畫出特徵、羽色，再依著鳥書去翻查對照。這時海中航行的日子也變得有趣多了，我不再無所事事。直到退役下船，海上的生活也有了重心。

退伍以後，我回到台中當報社編輯。從往昔在華岡讀書、寫作的山居日子，到海上服役，突然間又跳躍到如今的現實社會裡，我顯得格格難適。才待了三、四個月，已無法忍受都市人每天只懂得上下班的生活。我也百思不解大家生活在這種茫茫然、無力又疏離、物化的環境中，如何捱過來的。當然，縱使大家感受到了，又能怎樣？

結果，「火種」又點燃了。我又懸垂著望遠鏡，趁例假日進入郊區的山野、海岸旅行。許多朋友，包括我自己都認定，這是一種逃避的行為。當時，我除了逃避又能如何？

直到前年北上，繼續在報社工作。我又面臨一個更龐大、更現代工商體制的環境。生活在這個複雜、錯綜的社會架構中，隨著科技掛帥、成長為先的巨輪劇烈轉動，每個人已無法掙脫自拔。於是，我又企圖藉賞鳥來平衡自己。在無所遁形於天地之間的心情下，也不再逃避現實，轉而以唐吉訶德式的精神投身回去，試圖以一己之力，透過文字報導，提醒別人注意自己周遭生存的自然環境。

在近四年的賞鳥旅途中，有許多人也常向我問及：「為什麼只看鳥？不朝釣魚、登山發展，它們也是戶外休閒活動啊？」

不一樣的！對我而言，透過望遠鏡觀察鳥類，不像其他戶外休閒活動，多少帶有破壞性，賞鳥行為本身即具有不破壞自然和諧的精神。

在一個島嶼型的國度裡，一個急著要跨入開發中國家門檻的社會中，人與人之間會激烈競爭，會壓得喘不過氣是必然的事。相對的，人人要求維持一個美麗小世界，尋求緩和心境的需要，也會愈來愈迫切。現時，我們已開始渴求一個紓解的空間，希冀一個適當的休閒活動，藉以減輕物質商業化的強勢壓力。

賞鳥活動正好符合。它也是這種激烈轉型期體制下的命定產物之一。我們現在需要，將來也更為需要。經由這個對環境無積極侵略性的活動，我們與自然間可以重新搭起一座橋梁，作為我們關心周遭的基礎。更進而嚴肅地，維護每一種自然界的物體，提升我們生活環境的品質與尊嚴。

——選自《隨鳥走天涯》（洪範，1985）

賞析

劉克襄是台灣著稱的自然文學作家，也是資深的副刊編輯，曾任《台灣日報》副刊編輯，《自立晚報》藝文組主任兼副刊主編，《中國時報》人間副刊撰述委員。先後在台灣與香港多個大學擔任駐校作家，著有詩、小說、散文、報導文學、兒童文學繪本等三十餘部。

劉克襄畢業於新聞系，卻離開課堂，走出編輯室，走向大自然，以縝密的田野觀察，豐富的生態知識，深刻的社會關懷，加上嫻熟的文學筆法，寫出無數動人的自然文學作品。由於他長期觀察鳥類，書寫鳥，朋友戲稱他為「鳥人」。

〈鳥人〉一文是自傳式的書寫，描述作者從服兵役在海上巡航時，養成觀察鳥的興趣。退伍後回到城市中生活，賞鳥本來是逃避壓力的休閒活動，後來投身生態運動中，以記錄書寫為武器，提醒人們重視環境生態的變化。〈鳥人〉一文更是一篇宣言，把賞鳥人以鳥為師，從多識蟲魚鳥獸帶來純真的快樂，紛紛點亮心中的「火種」，洞察自身的關懷，投身到觀察、研究、書寫、報導或是保護自然的行動中。

劉克襄善於用素樸、淺顯與簡潔的文字表達，追求一種婦孺皆解的境界，說出體悟自田野、自然和鄉下人身上的人生道理。他曾表示：「淺顯的文字有時並非那麼容易表達。你可能很難想像，一本書出版，我常修改文字，改了數十次仍舊很不滿意，挫折感很深。」可見他對書寫的慎重與認真，值得讀者細細品味。

讀完〈鳥人〉之後，讀者不妨投身一種戶外休閒活動，賞鳥、觀蝶、登山，追求既不破壞自然，又能與生態共和諧的境界，點亮心中的火種，重新認識自我和環境。

想一想

1 請訪問身邊有賞鳥、登山、釣魚等興趣的人，了解他們喜愛自然的動機，全班一起比較與討論。

2 想一想，還有哪些接近自然、又不破壞自然和諧的活動？請設計一個。

徒步

王家祥

二十歲的暑假，曾經一個人從台中到台北、宜蘭，獨自旅行，打算一路南下，沿著花東海岸繼續走；從南澳出發，往花蓮行經蘇花公路的巴士上，記得那天的乘客特別冷清，在總站上車的只有我一人，然後零零星星地有一、兩個太魯閣族的原住民上車，很快又在中途下車，就這樣乘客上上下下，有一個老外也跟著在蘇花公路中途的小站上車了：我還記得當天車內的乘客，除了那個顯眼的老外之外，其他都是當地人，另外一個比較特別的可能就是我了；那個看起來年紀有五、六十歲的老外，長得清癯，紅光滿面，沒多久就拿著地圖來向我求救，表示他下一站想要到天祥，他是一個徒步者，不過不是徒步走遍地球的方式，他退休了，計畫旅行全世界，找尋各地適合徒步的美景，以健行的方式在當地旅行，他聽說台灣的天祥到太魯閣那段峽谷公路有世界上數一數二的奇景，所以在完成中國大陸與日本的旅程之後，便轉機到台灣來，計畫輕裝從天祥徒步到太魯閣。

我看看天祥到太魯閣，距離十九公里，無法想像走路輕不輕鬆，剛好我也要去天祥，不過從來沒想到要以雙腳去走那一段路，我跟他達成協議，帶他在太魯閣站下車，然後轉搭到天祥的班車；在鄉下的巴士轉車換車對一個老外來說的確是困難了點，就這樣我不但協助他帶路，而且還順便走了生平第一次的長距離徒步，四個小時完成十九公里的路程，然後結伴而行，一路搭車轉車又走路地旅行到台東，最後去走了知本森林才分手。

一路上他啟發我的自助旅行的方式和一些想法，比我協助他的還多很多，我只是用半生不熟的英文帶路，他卻事先做了功課，知道天祥有天主堂，裡頭有個法國神父，一晚的住宿，通鋪只要八十塊，他還有預算控制的原則，絕不住一晚超過五百塊以上的旅店；午餐的花費不能超過二十塊，我跟他旅行的那十幾天，午餐的問題比較好解決，只是沒見過這麼節省的老外，他堅持各自付費，連請他吃飯他也不要，於是我只好陪他吃同樣價錢的食物，有時候肚子實在太餓或食指大動，連我這個學生吃得都比他好，感覺有點不好意思，因為當時一頓自助餐起碼已經要三十塊，二十塊只能啃麵包；住宿的問題更麻煩，若沒有教師會館或救國團學苑等有通鋪的公營單位，我還容許自己住當時最便宜的小旅館，一晚也要七百塊，這個老外卻能夠找到資料知道哪裡有寺廟教堂或民宿，提供免費或很便宜的住宿，無論多晚多遠，一定要找到當晚計畫住宿的地方，記得最後一夜我們到達知本已經很晚了，這個老外還要依著資料上注明的免費提供住宿的地點，去找大概在知本山上的一間不知道在哪裡的寺廟，沿途我們疲倦地走著，目的似乎遙不可及，看了看觀光飯店的價格暗自咋舌，我心知這個老外絕不會屈服於夜色已深而疲憊不堪的窘境，非要找到個便宜的住宿不可；就在進退不得之際，我靈機一動向當地人求援，結果當晚一個善意的年輕人讓我們住進農家養雞場的看守工寮；免費是免費，這個老外對一整晚蚊子凶猛的攻擊和滿是蛆蛆的古老糞坑竟然一點也不以為意，比他年輕三十歲的我感動之餘，當然也不好意思叫苦。

我記得這輩子第一次靠兩隻腳走那麼長的路，是在無法想像的情況下糊里糊塗跟著走的，當天傍晚我們住進天主堂，隔天一早五點我便被叫醒，那個老外也許在我的爛英文溝通不良下誤會我想跟他一起走，或者他還需要我繼續作伴帶路，我則抱著與老外練習英語對話的心態下，心裡想著這個老頭子又能走多快多遠？況且我是個森林系的學生，在林場實習的時候，森林裡爬上爬下的體力還不錯，我便毫無畏懼地上路了。

整整十九公里的路程，那個老外老頭子只休息一次，五分鐘。走不到一半，我便落後一大段，始終追不上他的腳程，我不服氣，咬牙硬撐，到達終點時，我的雙腳都磨破皮，痛苦難當了！他立刻拿出一小塊用來黏貼在鞋內的鞋墊送我，說這個小東西對破皮的腳有用，徒步者都會隨身攜帶，他拍拍我的肩膀安慰我說，第一次徒步的人，腳一定會破皮的，熬過幾次就習慣了。

我無法明瞭的是，有時候我為了趕上他的速度幾乎是半跑半走的，弄得上氣不接下氣，而他的雙腿始終維持一定的頻率前後擺動著，不特別加快也從來不曾放慢，卻一直讓我追趕得很辛苦；最後步履蹣跚的我，見到一位紅光滿面、氣定神閒的徒步者，坐在終點的石階上等候多時，我才知道徒步靠的不是蠻力，它似乎有一些智慧隱藏在身體力行裡，有一些經驗不去走是無法知曉的。

十年以後我才開始浮現想要將腳放在大地上結實地徒步的衝動，又過了幾年，這個衝動才愈來愈清晰，醞釀成一種嚮往；平常的走路跟徒步可不一樣！徒步似乎有一些氣氛圍繞在心境，是流浪的心情嗎？某種自發的儀式嗎？靜心的法門嗎？不同的生活方式？譬如對時間的解讀？對平日習以為常的視野的顛覆，對自己身體極限的了解，對幽微心理的深入探觸，我正試圖找尋。

決定開始走，源自於我體內隱隱不安的一股騷動，當我的身與心彷彿陷困在一處泥沼動彈不得，唯一的法子就是離開那裡！要離開可不容易，那處泥沼並不一定是有形的，沒有面積，沒有範圍，沒有里程，無所不在，我常常不由自主地觀想，想像我正在啟動。

我不知道為什麼我愈來愈想走？我的經驗告訴我，徒步時頭頂就是天空，很完全的天空，可以慢慢地閱讀日影的位移，雲的變妝，風的流動，群樹的身姿，那是一種無限寬廣的印象，你必須把自己完全放在大地之上，才能擁有那種與天地密合連接的感覺，你的腳必須仔細去感受這片大地的起伏遠近，各種角度，甚至那礙腳的小石子和太陽炙烤地面的熱度，走久了你便能了解你的身體，你的身體會改變。

我開始練習徒步，選擇適合徒步的地點，逐漸拉長目的地的距離，從一天十公里、二十公里、再到三十公里，探測身體的極限與耐力；對於雙腿，我毫無把握它一天能走多遠多久？速度應該如何保持才不致後繼無力？我能夠一天接著一天，一周、一個月，繼續走下去嗎？還有，面對漫漫長路時，我心理變化的狀態？太陽下山，下一站還未到怎麼辦？我會不會恐懼？會不會挫折？會不會因某些無法克服的原因而中途放棄？還有假如有挫折，那種感覺是什麼？是肌肉的疲倦痠痛困擾著心理？還是對未知路程感到壓力的心理影響到生理？沒有實際親身去走是無法體會的。

那個老外疾走如飛卻氣定神閒的身影一直深藏在我內心，那種專注行走和諧振動的頻率在身體上顯現的氣息是我羨慕而無法解讀的，我甚至還不知道我為什麼要走的原因，然後有一天竟然就開始走起來了！然後我的身體產生了短暫寧靜的感覺，可是隨著路程的加長，心境也會隨著起伏變化，走一段路就可以當下察覺自己心理的流動；想辦法排除萬難放下庶務就是對時間的解放，因為長距離徒步的確是需要不急不徐的時間的，第一步、我才剛學會如何看時間，然後我很清楚自己還不行，心不持腳又不穩，但我的身體已愛上徒步了！直覺地愛上，走了再來想。

——選自《徒步》（天培文化，2004）

賞析

王家祥中興大學森林系畢業，熱愛寫作，是台灣當代重要的散文家，曾任《台灣時報》副刊主編，一直熱心於生態保護。〈徒步〉一文是王家祥行動與心靈的重要轉折紀錄，生動又具有啟發性。

林語堂說過：「人類有一種熱烈的欲望，想把今日的我們變成另一種人，脫離現在的常軌；只要是可以促成變遷的事物，一般人便趨之若鶩。」旅行往往成為人們脫離現實、追求自我變化的最佳途徑。近幾年，不少世界各國菁英為了追求心靈與能力的進步，發掘自己的洞察能力，走到沙漠、救火場、荒島、老莊園，進行一趟又一趟的學習之旅。有人到內蒙古，跟著管理大師逛沙漠，學習領導力；有人在加拿大的荒涼小島裡上課，透過表演展現內心的世界，重新認識自我。而王家祥洞悉自我的方式，不是到遠方，也沒有搭乘飛機、火車或汽車，而是徒步，更清楚看見流動在身邊的景物，他說道：「徒步時頭頂就是天空，很完全的天空，可以慢慢地閱讀日影的位移，雲的變妝，風的流動，群樹的身姿，那是一種無限寬廣的印象。」確實讓人心嚮往之。

王家祥因徒步更清楚看見自己心靈的變化，藉由徒步可以得到短暫的寧靜，王家祥強調，隨著路程的加長，心境也會隨著起伏變化，走一段路就可以當下察覺自己心理的流動。最重要的是，長距離的徒步，可以讓人重新品味時間對生命與生活的影響，這確實是相當深刻的反思歷程。

柴薪流下七腳川（Cikasoan）

吳明益

一開始我是被那些貨櫃吸引。雖然只是平凡的貨櫃，畫上簡單線條的人物，但畫裡那些牽著手跳舞的人的筆觸充滿童趣，讓我不自主地被某種歡樂的氣氛感染。雖然貨櫃屋的門上寫著「no, no」，但我還是繼續往裡頭走去。

貨櫃屋後頭是一個擺滿石雕的花園，有的是動物，有的是抽象的形狀，也有人像。我走到一個石雕人像前，它身上的衣服刀工如斧劈，好像用很放鬆自然、卻飽含力量的姿勢刻出來的。雕像臉部輪廓平常，但雙眼突出有神，彷彿正看到未曾見過的大浪。這座雕像的刀法和剛剛貨櫃屋上的畫，讓我想起曾經看過的另一座石雕，好像就是這兩件作品的結合。

這時一個戴著頭巾，有著漂亮輪廓，以及讓眼神更形深邃長睫毛的青年跟我打招呼。他說，你好，我是Mayaw A-ki。

馬耀在這個租來的小房子跟後面一大片空地工作，右手邊就是擺了磨石機、鑿、鎚以及各種石雕工具的空間，裡頭綁了兩隻體態漂亮的黑狗。馬耀熱情地招呼我到外面的客廳聊天，我喝了他招待的一瓶鋁箔包紅茶，一面參觀他滿櫃子的作品。櫃子裡有不少大大小小的石雕翻車魚。

他說刻翻車魚是為了賣給遊客，這樣才能負擔平時創作的資金需求。刻翻車魚對他而言並不是形塑族群記憶，或是不可遏抑的創作衝動，純粹就是為了生活。

我想起大約在二〇〇二年，翻車魚才突然變成花蓮縣政府推銷的「地方特色」。這種巨大，外貌古怪，性格溫柔，喜歡平躺於水面上讓海鳥清潔寄生蟲（也有學者認為是為了提高體溫），以至於極容易被捕獲的魚，全世界僅有極少數的國家會食用，當然，我們的島嶼是其中一個。在推動曼波魚季（這個名字比翻車魚好行銷）後，翻車魚皮、翻車魚肉、甚至翻車魚腸都變成熱門的菜肴，成為餐廳促銷的重點。唯一尚稱幸運的事就是牠們是目前可知最多產的魚，更幸運的是牠們產卵地不在台灣海域。近年國際保育組織已經建議將牠們列入保育，畢竟，牠們對危機接近的遲鈍反應實在很像多多鳥。

花蓮的觀光若有優勢就是這些山脈、溪流、海洋，和居住其間的生物與祕密，若有劣勢的話，就是缺乏規畫和對行人殊少關心的街道、部分乏味的建築和少數對花蓮缺乏敬意的資本家、知識分子與官僚。翻車魚並非絕不可吃，但把某種特定魚種作為觀光手段，在短時間內就會對牠們形成難以想像的生存壓力，是明顯可見的事。我們有必要用這種手段促銷花蓮嗎？

翻車魚可以刻成翻車魚紙鎮、翻車魚擺飾，或翻車魚項鍊。我問馬耀雕刻用什麼石頭？他說大部分用進口的石頭，但他自己創作時最喜歡用花蓮石梯坪的石頭，顏色比較深一點。有時候生活給我們思想，有時候生活也剝奪我們思想。

我很喜歡保留了原住民語的山的名字，有一種「原本山的名字就是這個」的味道。記得以前讀到陳黎〈島嶼飛行〉裡那九十九座山的「合照」，有許多山的名字都讓人充滿好奇與疑惑，比方說「珂珂爾寶」，比方說「三巴拉崗」，比方說「巴都蘭」，比方說「七腳川」。

初到花蓮時，我知道「七腳川」（Cikasoan）必定是來自原住民語的音譯，但對在音譯時究竟為什麼選定「七腳川」這三個中文字，一直感到好奇。後來我查了資料，發現清初的各種地方志或筆記、官方資料，就使用過直腳宣（蔣毓英《台灣府志》，一六八五）、竹腳宣（藍鼎元《東征集》，一七二二）、竹仔宣（余文儀《續重修台灣府志》，一七六四）、七腳川（羅大春《台灣海防並開山日記》，一八七五）這些不同的字。如果不論歷史淵源，以將Cikasoan直接音譯成中文的用字來說，我確實比較喜歡「七腳川」，有一種童話的味道，好像一條有七隻腳的溪流一樣。語言在變成另外一種語言的時候，有時候會讓人期待裡頭充滿故事。

不過無論是七腳川或七交川，都沒辦法呈現原本Cikaosyay——多柴薪之地的意思。學者研究，Cikasoan賦名的由來，就是當初落腳在此處的族人發現居住之地盛產柴薪，地名便成為社名。加禮宛事件後七腳川社進入全盛時期，當時他們不只分布在七腳川流域，而且占據了大半的奇萊平原。如果先拋開對七腳川各種賦名原由的紛歧說法，部落成了山的名字，山的名字就是溪的名字，溪的名字同時也是部落的名字，正巧形成了一種奇妙的雙生關係。七腳川山流出了七腳川溪，一座盛產柴薪的山，流下一條盛產柴薪的溪，提供了一個族群生存的盛產柴薪之地。

但現在如果從七腳川的出海口往上游走，也許你會失望也不一定。溪流的兩側，已經極少見到足以環抱的樹，而流過市區的七腳川溪段，歷經一九九六年的大規模「整治」，溪岸與溪床都已經水泥化，只在上頭點綴似地做了「綠化工程」。下游的七腳川溪畔由於留下的行水道較為寬闊，部分溪段進行了所謂「低水護岸生活汙水漫地流處理工程」，讓生活汙水在溪岸略為淨化才流入溪中，上頭則植上青草，因此至今溪岸仍有人放牧水牛。牛背鷺停在牛背上，時或緩慢、優雅地一步一步走近水邊，或許是少數仍讓上一輩可以朦朧回憶起七腳川溪早期風貌的景象。

我步行七腳川溪的起點，通常在黃昏市場附近，有時往上，有時往下。水利局在網上宣稱慶豐段是「整治美化」，但無論怎麼看都像一條有階梯的排水溝。我總覺得大山橋以上七腳川才變得勉強像一條溪。但路旁樹立了一張「花蓮縣吉安鄉太昌村土石流緊急避難路線圖」的告示牌，說明七腳川名列為花蓮〇〇五號危險溪流，並將在近期進行「整治」工程。從溪道裡堆滿了大大小小的落石來看，或許七腳川確實曾經野性難馴。

充滿野性的既是七腳川溪，也是七腳川山，七腳川社。七腳川社一向被認為是奇萊平原上極強悍的部落。我在張良澤先生提供，登在《七腳川事件寫真帖》的一張照片中，看到過七腳川社人放在當時西社出入口的「首棚架」，架上層層疊疊擺滿了二十七具頭骨（我從照片上數的），可能是因為距離感的關係，照片裡的灰色頭骨看起來並不覺陰森，只是存有一種無可奈何的氣味。

在所謂的「文明人」與原住民接觸的上幾個世紀，原住民再怎麼驍勇，似乎都很難抵抗戴蒙（Jared Diamond）提醒過我們的「槍砲、鋼鐵與病菌」。他們在衝突中獲得的勝利往往很短暫，只留下一些日後令人回首低迴不已的感傷歷史：比方說領導蘇族抵抗白人入侵懷俄明州中部與蒙大拿州印地安人獵場的紅雲（Red Cloud），比方說拒絕白人進入奇奧華人領域的塞譚（Set-Tainte），比方說帶領納茲帕西部落一面作戰、一面撤退達一千哩，仍在蒙大拿被迫投降的約瑟夫酋長（Chief Joseph），他們或許獲得聲名，但最終都失去他們的草原、野牛與族人的生命。

七腳川社也曾在七腳川溪的見證下留下驍勇的聲名。在佐久間左馬太任台灣總督後，日本人的「理番政策」為之一變。佐久間主張恩威並濟，開始設隘勇、地雷、電流鐵絲網，意圖將原住民圍困在人為邊界裡。明治四十一年（一九〇八），日軍從砂婆噹溪（美崙溪）右岸經七腳川山麓到木瓜溪的巴特蘭，架設了一道鐵絲隘勇線，並雇用七腳川社人看守。由於事件缺乏紀錄，研究者在尋訪耆老後，多半認為七腳川事件的引發點可能是關於隘勇薪資偏低的原故，不過事實的背景可能遠較我們現在理解的更為複雜。

十二月十五日，七腳川社人突襲了隘勇線，日本的花蓮港守備隊隨即出動鎮壓。十一天後，守備隊雖然戰死了二十七人，但終究取得優勢。事後日人重構一條更長的七腳川隘勇線：這條防線南起鯉魚（壽豐）沿荖溪經銅文蘭、木瓜溪、七腳川山麓至砂婆噹水源地，並與另一條威里隘勇線銜接，長達三十公里。

我在《七腳川事件寫真帖》裡看到一幅當時七腳川社頭目Komod-congaw孩子的照片。照片上有一名少女，一個約略七歲左右的男孩，以及一個看起來似乎同齡的女孩（事實上我不太能確定那是男孩或是女孩），女孩還背著一個似乎才剛學會走路那樣年紀的小小孩。四個孩子左右兩側各站了一名日本軍官，對照其他照片，我認出左邊那個留著落腮鬍的是谷山警部，右邊則應該是近藤警部。兩個日本人都穿著淺色風衣，以武士刀為杖，眼神驕傲地看著遠方，沒有注視相機——反倒是四個孩子的眼神都盯著這個陌生的器具。

所有的殖民者都希望控制被殖民者的想法，要他們順從、卑屈。他們從教育、服裝、房舍改造起，有時候連植物乃至於牲畜都一併置換，如果可能的話，他們會換掉水與空氣，以避免被殖民者喝到祖先的水，呼吸到祖先的氣息。日本人後來強迫遷移七腳川社民，並將七腳川社故耕地開闢成日本移民村——吉野村，這名字是因為這批移民多來自四國德島縣，那裡也有一條溪流流過，叫作吉野川，日本人遂把自己家鄉溪流的名字，放到千里之外這個小村莊的身上，用來治療他們的鄉愁。昭和十三年（一九三八），日人再迫遷七腳川人到知亞干溪（壽豐溪）北方（即今之溪口村），照片裡的四個孩子則被強迫遷往鹿寮（台東鹿葉鄉瑞源村），那裡距離他們的故鄉超過一百公里，旁邊也有一條卑南溪的支流鹿寮溪。他們仍住在水邊，那四個孩子眼睛都非常大，像溪水一樣閃閃發亮。

另一張令我印象深刻的照片是從鯉魚山砍下的大楠木，直徑達九尺以上。躺下的楠木仍使得照片中坐在上頭的日本警察與軍人顯得非常矮小。在我的經驗裡，不論是鯉魚山或七腳川溪流域，都沒有看過這麼大的楠樹，或許要再等一百年，才會有楠樹能有這麼威嚴的樹身。

馬耀的工作室就在七腳川溪的出海口。事實上，我跟馬耀並不熟識，只是在一次從中游步行到出海口時，厚著臉皮自顧自地往裡頭走去，而和這個有著長睫毛、專注眼神的雕刻家聊了一段時間而已。那天馬耀聽說我正在步行溪流，遂帶我到他工作室旁的一個小土丘上，從這個位置，可以看到遠方流過來的七腳川溪。他指著溪畔現在是農田的地方說，在還沒有建水泥堤防之前，七腳川溪會在雨季往溪道外氾濫一段距離，雨季後溪水會再回到溪道，四周的田野會留下一個個小小的，像池塘一樣的溼地。那裡頭可以捕到原本在溪裡的魚，也可以用來養魚，黃昏的時候會聚集鷺鷥。但建了水泥堤防之後，當然也就不會留下溼地了。

我站在那個小土丘上，想起幾年前和當時學校的駐校作家施叔青一起去看阿美族驅蟲祭的事。那天她打電話給我，說要跟一位花師的研究生去看阿美族的驅蟲祭，問我有沒有興趣。我立即開車出發，舉行祭典的地點，就在七腳川溪流經的吉安附近的一處巷弄的「活動中心」附近。等了非常久的時間，祭典才開始（至少從兩點等到了四點多），我們跟著隊伍走到村子口一棵老榕樹下，那裡時而有車子經過，看起來有點驚險。我有點懷疑真的要在這裡進行祭典？但確實是。主持祭典的是村子裡年長的婦女，她們包著頭巾，拿著一塊方巾鋪在地上，上面放了米酒和檳榔。開始時由一位最年長的婦女念著禱詞，接著其他人就跟著她一起念，然後像是兩兩一組（或是四個人一組），邊念著禱詞、邊用雙手反覆從腰部抬起，掌心向上，單手舉起像是請求離開的手勢。她們的眼神都望著很遠的地方。研究生跟我們解釋說，禱詞大致就是希望昆蟲們離開，請牠們不要來吃農作物的意思。不久她們分成兩個角色，一個站在揮動手勢的婦女背後，隨著禱詞的節奏含住一口米酒，然後使勁往前面那位手勢揮去的方向噴出，酒灑在她們的頭髮上，站在遠處的我仍可以聞到酒香。結束後大人放了一種好像是某種果實的球狀物在地上（可惜我當時沒有問），等在一旁的小孩便爭先恐後拿起用檳榔樹葉綁成的棍子打擊它，讓它往前滾動。人群形成一個長長的隊伍，喧鬧而充滿快樂地追逐著球往巷弄而去。我們跟在隊伍的最後，心裡想著祭儀會以什麼方式結束？村民有的則站在家門口，有的半途加入跟著球的行進隊伍，孩子們的樹葉棍擊打在地上，劈啪劈啪地，非常響亮。球滾出巷弄，那裡是一片綠色的稻田，和遠方的海。

祭典到這裡就結束了。主持的女長老含著米酒噴向每一個孩子，沒有噴到的孩子往前頭擠，瞇著眼帶著笑意接受酒霧。我在旁邊也沾到了一些飛得較遠的、細微如毫末的酒霧。我不自主地羨慕那個相信昆蟲聽得懂人語，而播種者也願意用溫柔的方式請求昆蟲離開穀物的相處方式，那個人可以和山、溪流、海、昆蟲、鳥與祖先的靈魂溝通的時代。

七腳川溪從一條兩岸盛產柴薪的野溪，變成一條放牧之地，再變為一條水泥溝渠，不過是百年的時間而已。我有時會想，人們每一次「整治」她，或許也是一次對溪流裡的魚與毛蟹的滅族行動。我們沒有告知，沒有祭典，而牠們甚至沒有能力感傷，沒有地方遷徙，甚至沒有記憶。

我問過一些去過花蓮的人知不知道七腳川，發現無論是七腳川溪（現在改名為吉安溪）、七腳川事件，或七腳川社，知道的人都不多。對觀光客來說，七腳川溪並不是一個重要景點，就像七腳川社是一個逝去的族群，淡出的歷史。

往七腳川溪的上游走，走到盡頭時都會被一座毀壞的攔砂壩擋住去路，這座鋼筋外露、水泥塊崩落的攔砂壩，實在很難讓人聯想到這是一條溪流。在這裡有時我會想起淨土花蓮這個口號式的標語，發明這個標語的人一定沒有真正走進過花蓮的心臟、肺臟、血管裡。

七腳川溪在台灣任何一本河川的研究、紀錄的描述中，都被歸為「次要河川」。但我想對七腳川社人，對走過溪谷的人來說，這描述顯然錯誤。我坐在這座看似廢墟的攔砂壩上，看著遠方的平原，一隻鸞褐挵蝶飛過來，把大花咸豐草往下拉成一道彎。一群台灣黑星小灰蝶，則聚集在攔砂壩下方一處淺淺溼潤的泥地吸著水。畢竟，每種生物到溪邊，總會低下頭來親吻溪水，穿山甲這麼做，台灣獼猴這麼做，蝶也這麼做。

即使這裡是一個殘破的攔砂壩。

——選自《家離水邊那麼近》（二魚文化，2007）

賞析

〈柴薪流下七腳川〉收錄於《家離水邊那麼近》，是吳明益到花蓮任教之後，深入花東山脈、海濱與溪流之後，用文史觀點，結合生態觀察，提出更具有深度的自然書寫。

和王家祥一樣，徒步是吳明益洞察生態與自我的重要歷程，也成為他河流書寫的重要方法論。他步行溯溪的過程，是他「思考此地與自身諸多問題的開始。」正如〈柴薪流下七腳川〉一文，徒步往返於七腳川的吳明益說出了多重的意涵，河流孕育出歷史故事與人文景致，仰賴文史工作者的考證與發掘；而河川經過「整治」，因此失去了野性、生態與美好，有待田野調查的見證，提出警訊。

細讀吳明益的自然書寫，他不追求在田野中生命有所「啟迪」，而是認真地閱讀大量的生態、歷史與文學的典籍，透過自身長期投身田野調查，以他獲取的知識系譜，整合與轉化為一種文學的觀看角度，提供環境倫理觀的洞察，使讀者透過具有詩意和豐潤的文學手法，吸引讀者進入自然的世界，甚至支持生態保育的觀念。

吳明益敏於訪談與觀察，在訪問原住民雕刻家馬耀時，他生動記載馬耀的回憶：「在還沒有建水泥堤防之前，七腳川溪會在雨季往溪道外氾濫一段距離，雨季後溪水會再回到溪道，四周的田野會留下一個個小小的，像池塘一樣的溼地。那裡頭可以捕到原本在溪裡的魚，也可以用來養魚，黃昏的時候會聚集鷺鷥。」把人們嫌惡的水患，描寫成一場動態與生意盎然的生態變遷。讀者不難發現，如是優美的描寫，源於作者的生態倫理觀念，將七腳川流域各種生物當成主人，體察人類不過是萬物之一，自然能懷抱著謙遜與溫柔，說出觀點獨具的故事。

想一想

1 吳明益說：「有時候生活給我們思想，有時候生活也剝奪我們思想。」請從你生活中各找一個例子，說明這句話的意涵。

2 讀完〈柴薪流下七腳川〉一文後，請舉出文中一個原住民的生態觀念，並說明、與討論其中對你的啟發。

小王子

周芬伶

他們說，弟弟被關起來了。

我已經將近一年沒見到弟弟。最後一次見到他，他穿著嶄新的名牌襯衫，手上戴著金錶，吊兒郎當地說：「小心，我到你那裡敲你一筆哦！」他總是愛開玩笑。

可是，弟弟一直沒有來，然後，我就聽說，他唆使三個人去搶地下錢莊，還用刀子割了會計小姐一刀。然後又說，弟弟被通緝，躲在高雄的小公寓裡，還說，他被捕了，關進燕巢看守所。這些事情我都不相信。

在我心目中的弟弟全然不是這樣的。小時候，他常從我背後撲上來，勒住我的脖子說：「納命來！」我總是一面笑著一面打他，說他好有力氣、好調皮。他不是當真的，你看他那張天真無邪的臉孔，清亮有神的眼睛，略厚而敏感的嘴唇，挺直的鼻梁，長得活像詹姆士狄恩，他怎麼會傷害任何人？

母親連生五個女孩才生弟弟，他在一大群女孩兒中長大，練就一張最甜的嘴，一顆最軟的心，我沒見過這麼會撒嬌的男孩，只要他說，姊，這個我要；這個東西就變成他的，沒有人拒絕得了他。他又頂會挑東西，所有吃的、穿的、用的，全是要那最好的。小時候他讓人算命，相士說他生來是來討債的，別人花錢僅止於皮肉，他要花到骨頭裡，弟弟還很得意地問：「姊姊，怎麼樣才算花到骨頭裡？」

雖然如此，沒有人能阻止姊姊去疼弟弟，我們都用女人特有的柔軟心腸去寵他——弟弟犯錯了，那麼就流淚吧！用淚水感化他；弟弟吃不了苦頭，那麼就什麼苦頭也不讓他吃。

我們喜歡把他打扮得整整齊齊，帶他到街上亮相，許多人走過來，摸他的頭，擰他的臉頰，他一點也不怕生，眨著大眼睛直笑。很多人說，他長大後會迷倒許多女孩子。

果然，才念國中，就有許多女孩子寫信給他，在這些女孩子中，他只喜歡鳳子。鳳子是個極標致的女孩，高挑的身材，皮膚又白又細，一雙鳳眼笑起來彎彎的，只是嘴角有些歪撇，看來楚楚可憐的樣子。有人說鳳子一臉薄命相，不是端正的女孩。我才不相信，美麗的女孩總是遭嫉的。

弟弟喜歡鳳子，鳳子也喜歡弟弟。為了鳳子，弟弟從好班降到普通班；為了鳳子，弟弟錢愈花愈凶。那一陣子，他桌上貼滿鳳子的照片，常蹺課溜去約會。他說他們是龍鳳配，天生一對，可不是，弟弟肖龍。

可是，高中還沒畢業，鳳子居然嫁人了。聽說是她的母親為了還債，逼她嫁給一個老頭子，婚都結了，鳳子還一直來找弟弟，弟弟不見她，也不准我們提起她，後來鳳子割腕自殺，弟弟也沒去看她。

從那時起，弟弟常常不回家，學校說他曠課超過時數，外面傳說他參加不良幫派，還說他在賭場裡當保鏢。有一次，母親在他的房裡，搜出一支扁鑽，還有一把好長好長的刀。母親一邊發抖，一邊流淚，把刀用布包好，丟到郊外去。接著，弟弟被退學。

我找到弟弟，勸他，不，是哀求他。我說，姊姊相信你的本性是善良的，只要及時回頭，一切還來得及。你知道嗎？姊在大學裡教書，那裡的學生跟你的年齡差不多，我常常在想，裡面如果有一個是你，該有多好？你應該像那些年輕人，來本書，哼支歌，一大票人爭論著去看哪裡的電影，開多大的舞會，還有夜遊、烤肉、賞花，家事與國事天下事，理想與抱負……二十歲，應該是沒有血腥沒有罪惡沒有憂愁的年齡，弟弟，我等著這一天。

弟弟說，姊姊，你又在做夢了。你沒有看到我胸前，還有大腿上刺的這些花，我是洗不乾淨了。你們都不要再管我，你叫媽媽不要再哭好不好？我最怕眼淚，鳳子嫁人的時候，我沒掉過一滴眼淚；別人用拳頭打歪我的鼻梁，我也沒哼一聲。不要叫我去上學，我討厭老師討厭學校，他們都要我學姊姊們，做個好學生。我不要做好學生，我要成功，有一天我會漂漂亮亮地站在大家面前，那時，沒有人會再瞧不起我。你等著，有一天！姊姊，你看到沒有，我的頭髮發白了，我的心裡也不好受，我要成功。每個人的眼中只有錢，我要很多很多的錢……

我制止他繼續說下去。我說：那麼你去學畫，你不知道你畫得有多好，以前你畫的圖，貼在家裡，還有人願意花錢買它呢！弟弟不說話，只是睜著無神的大眼睛，空空洞洞地看著我，他的眼神看了教人發抖。我看到他的頭髮居然夾著許多白白的——。

然後，更多的謠言都來了，擋都擋不住——弟弟騙錢，弟弟被暗殺，弟弟斷了兩個手指，弟弟開賭場……。我從沒看過他打人，聽過他說一句髒話，他在家是個乖孩子，在我們面前是最會撒嬌的弟弟，他怎麼可能去搶人傷人，我不相信。

謠言愈來愈可怕。後來就聽說弟弟主使三個人搶地下錢莊，錢到手後，警方抓人，一個被捕，弟弟和其餘兩人跑了。被捕的那個人把所有的罪過全部推到弟弟頭上。我們都在找弟弟，警方也在找弟弟。

有一天下午，我接到鳳子的電話，他說弟弟想要跟我說話，我想罵他，但我的聲音和手一直發抖，我只是說：「你害怕嗎？」他說：「害怕。」我說：「不要怕，姊會替你想辦法。你有沒有？」弟弟沒答腔，我再問：「我知道你沒有對不對，那就出來自首……」說到這裡電話就掛斷了。

那一陣子，我常做惡夢，有一次夢見弟弟的頭髮全白了，變成一個很老很老的人；又有一次，我夢見我是法官，弟弟手銬腳鐐地被押進法庭，結果，我判他死刑。

祖父過世出殯那一天，鳳子來了。好幾年沒見，她還是一樣標致，穿著一深黑，一進門就往祖父的靈前下跪。母親去扶她，她附在母親的耳邊說，弟弟也來了，躲在外面。我就知道，弟弟是多情的人，不會忘記祖父最疼他。鳳子說，弟弟整個人都變形了，臉孔又黑又乾，夜裡常看他驚醒，人坐得直直地發怔，好嚇人。我往門外看，找尋弟弟的身影，依稀在遠遠的騎樓邊有人影閃動，我知道，那一定是弟弟。

接下來，弟弟自殺，弟弟被捕，開庭又開庭，偵訊又偵訊，初審判十二年，弟弟帶上手銬，弟弟坐牢。但是，我一次也沒去看他，我不相信弟弟會犯罪。母親去看他回來說，弟弟胖了一點，理了個大光頭，看到人只會傻笑，母親卻哭得說不出話來。

然後，他就來信了，說他在裡面讀日文，說姊姊不要為我傷心，就當我出國留學去了。寄書的時候，記得不要寄新的，要舊的，一次限三本，不要忘記。在這裡嘴好饞，叫媽給我帶肉乾來好不好？可惜我那一大堆名牌衣服沒人穿了。姊姊，祝你新婚快樂，可惜我不能參加你的婚禮……

我否認這一切——我的弟弟是小王子，他有著清澈可愛的眼睛，以及天真單純的心靈，逗人喜歡，沒有人會拒絕他。他有一朵驕傲的玫瑰，只有四枚刺，可是，他太年輕，不知道怎麼去愛他。

我的弟弟是小王子，他暫時不會回來了。

——選自《中國時報》（1987.06.22）

賞析

《小王子》（Le Petit Prince）是一本世界知名的童話作品，由聖艾修伯里創造了一位敏感、純真的小王子，總是小心翼翼地呵護著他唯一的玫瑰，一天他和心愛的玫瑰負氣，踏上了宇宙之旅，直到在地球遇到狐狸，理解了愛的真諦。周芬伶以小王子形容叛逆與犯罪的弟弟，漂泊在人世，走上了歧路。

周芬伶曾寫下〈遠去的小王子〉一文，悼念吸毒、坐牢，後來早夭的弟弟。她分析小王子變成大惡魔的原因：

男性青少年的暴力因子一旦被引發，更加不可收拾。瘋狂基因也在我血液中流動，我沒變太壞，是阿姨姊妹老師的帶領。記得小學時老師疼我，常要我提早到校抄黑板，我為逃避苦役，謊說早上要擦全家人的皮鞋。擦皮鞋是真，那是在假日，老師明察暗訪之後，沒有點破我，只把我叫去說：「你如果能更誠實，你將更完美。」我羞愧並感激，為此拚了命也要當好孩子。

周芬伶提醒世人，愛心會令人向善，但軟弱會姑息罪惡。如果溺愛或軟弱讓孩子走偏，最終無力挽回，愛之適足以害之，成長中的青少年，絕對要多反思溫情與管教都是必要的。

記得聖艾修伯里透過狐狸告訴世人：「我們只有用心才能真的看見，真正重要的東西是肉眼無法看見的。」周芬伶的〈小王子〉是血淚之書，特別是涉世未深的讀者，請用心讀這篇文章，年少的愛戀、衝動、罪孽、挫敗，都在一個轉念間，有無用心體察生命的責任和意義，人生往往就有極大的轉向。請不要太輕忽親情與家庭的溫暖，不要逞強好勇走上不歸路，請在乎珍惜你的人，呵護他們的責任會帶來幸福，其中的快樂往往勝過恣意的自由。

想一想

1 想一想，什麼是真正的愛？寬容和縱容有什麼不同？

「類人」與「獨夫」

顏崑陽

我是個「天秤座」的男人。聽說「天秤座」是頑強的「槓子頭」，對待世界就像對待「翹翹板」，當許多人都湧向A端，這世界明顯地向A端傾斜。那麼，我，天秤座的男人，可能會直挺挺地坐在B端。

這樣說，天秤座的人就是喜歡為反對而反對嗎？不然，他只是不喜歡閉上眼睛跟著人群走罷了！「真理」不一定就在人多的那一邊，並且往往正好相反。在人擠人的紐約、東京、上海或台北街頭，永遠看不到瑰奇的「極光」。

在生活裡，我經常與時尚逆向而行，只「觀潮」而不「逐潮」。因為我很清楚自己生活樂章的主題、旋律與節奏。其實，每個人都應該清楚自己生活樂章的主題、旋律與節奏。可惜，這時代太多在萬眾混聲齊唱中，只張嘴而沒有自己聲音的人。

很多人在混聲齊唱中，雖然聽不到自己的聲音，卻覺得很有安全感。因為他認同群眾了，而群眾也認同他了。大家唱的是一樣的調子，歌詞的內容也沒有差別。在一片混聲中，自己即使唱得荒腔走板或翕張其嘴而不發聲，也沒有人知道，當然就不致成為「千夫所指」的目標。這種人一旦跟不上群眾，便像跛腳的鴨子，或慌張而呱呱亂啼，不成曲調；或噤聲而茫然不知其所歸。我稱這為「失群恐慌症」。

古有「南郭吹竽」者，放在這時代，也可作此新解。《韓非子・內儲說》裡有一則寓言，齊宣王的御用樂團，吹奏的是一種類似「笙」的樂器，叫作「竽」。有個姓「南郭」的處士就混在樂團裡，反正幾百人合奏，只要嘴巴含著竽，做個樣子，誰也分辨不出來呀！等到換了另一個國君湣王，他不喜歡聽合奏而喜歡聽「獨奏」，南郭處士立刻起了「失群恐慌症」，連夜就逃走了。

這個寓言故事，我看到的不是南郭處士沒有才能卻占了位子、白拿薪水；而是他的「符號性」意義，像他這種人就只能混在某一「類」人群裡，擺著「擬似」眾人的姿態。當他以群體之一的身分存在，如同荒野中一株沒有自己名字與面目，而長得和同類相似的雜草，這時他倒覺得很安全。然而，一旦離開同類群體，就無法「獨立」存在了。我稱這種人為「類人」。

「類人」只有一般社會化、抽象化的「類性」，而沒有特殊、具體的「個性」；因此他只能依附在某類群體裡，與眾人服同服、言同言、行同行、思同思，那是虛擬其表的複製。相對地，也就是個人性情、思想的「空洞化」了。

人，絕大多數的人，隨著「社會化」的過程，一面增其「類性」，一面失其「個性」，不到三十歲，大約已徹頭徹尾成為「類人」了。存在主義大師海德格（Heidegger）稱這種存在現象為「陷落」（**verfallen**）。個體生命很容易提挈不住而沉淪在公眾生活的場域中，空洞化為一介面目模糊的「類人」。

道家對人之生命的陷落所見尤深，《莊子·齊物論》裡有一段描寫：「一受其成形，不亡以待盡，與物相刃相靡，其行盡如馳，而莫之能止，不亦悲乎！」在莊子眼中，人的形軀生命於現實世界的存在，根本是被決定的；他是一連串的奔馳、流轉、衝突與妥協。刃，是逆，是衝突。靡，是順，是妥協。物，就是外在一切的存有者。個體生命與物接觸，「衝突」固然不免受傷；「妥協」則失去真實的自我，不斷「類化」而陷落於俗世；並且，這種陷落是「心靈」隨著「形體」難以停止的剝蝕，直到生命的盡頭。在莊子看來，這是生命存在最深沉的悲哀，只是一般人渾噩麻木而不知其可悲，故云：「其形化，其心與之然，可不謂大哀乎？」

然而，生命的陷落還不止「類化」一端而已。相反的另一端，假如一個人變成心眼中只有自己而沒有別人的「獨夫」，那同樣是陷落。「獨夫」，《書經・泰誓》裡用來稱呼殷代的暴君「紂」。後來，孟子、荀子都用過這個詞。紂，失去了百姓之心，也就失去了國君的名位，這一來他也不過是一介「匹夫」罷了。「獨夫」，放在這時代，可以解作「獨裁的人」、「自私的傢伙」、「暴力分子」。我之所以不特別說「獨裁的男人」，是因為這時代「獨裁」已非男人所專擅。當然，「獨裁」也非全屬政治領袖。他可以不分性別、階層，而無所不在。因為那是一種人人皆可能有的「心態」，只要是心中眼中只有自己，而不尊重別人、不顧及群體者，都可謂之「獨裁」。而所謂「暴力分子」，也不必是押刀弄槍的黑道；語言的暴力、權術的暴力，有時比刀槍更為可怖。總的來說，在這時代，「獨夫」的新義就是指那種心中眼中只有自己，而經常以各種方式的暴力去攻擊別人、擾亂群體的傢伙。

「類人」陷落於俗世的價值網絡，而失去真實的自我。「獨夫」陷落於自我的欲濤念流，而背離和諧的群體。形態雖然不同，其為「陷落」則一。

一個社會，假如多「類人」，則庸俗的、沒有創造性的文化必然籠罩一代；在流行的浪潮中，形成連高級知識分子都堅持不住的集體性陷落。又假如多「獨夫」，則暴亂的、沒有理性的行為必然此起彼落，在失序的社會現象中，形成連高級知識分子都不知尊重別人、顧全大局的群體性陷落。

很不幸的，我們這社會，「類人」與「獨夫」卻非常多。尤其是在流行文化與政治權力競逐的場域中，所見者非「類人」即「獨夫」。各種傳播媒體宰制我們的視聽世界，迅速而擴大地促成個體生命的「類化」；不分城鄉，國中的孩子便已近「類人」了。而社會舊價值體系的崩解，新價值體系猶未締造完成；人人不知其「分位」，只知其所欲，上層者更經常演出最壞的示範，「獨夫」焉能不愈來愈多？

作為一個文化人，我所最憂慮的不是經濟的衰退，而是人們生命普遍的陷落。這才是台灣存亡的關鍵。生活之安定之樂之美，絕非只在口腹之間而已。

——選自《小飯桶與小飯囚》（立緒，2004）

賞析

在追尋創意與創造力的過程中，無論是寫一篇文章、畫一幅畫、拍一張照或是設計一棟建築，個性、獨特與主體性的追求，絕對是每一個創作者最重視的目標。但是在一個大眾文化、媒體文化流行的今天，為了追求銷售業績或是收視率，各種經過成套包裝好的廣告或節目不斷向大眾傳播，如阿多諾所形容，對大眾產生了繳械的、壓迫的、昏沉麻木的效果。我們究竟要如何能夠不落後於時代潮流？「觀潮」而不「逐潮」，進而能夠保持自我的特色？顏崑陽的〈「類人」與「獨夫」〉是暮鼓晨鐘，相當發人深省。

顏崑陽犀利且有創意地發明了「類人」的概念，指的是依附在某類群體裡，與眾人服同服、言同言、行同行、思同思，沒有個性、主見乃至於面目的現代人。他綜合了存在主義與道家哲學，說明了當人們逐漸成長與社會化後，不免妥協、類化與空洞，最終渾渾噩噩，這是一大危機。為了避免被磨去稜角，過度彰顯自我，完全不顧及群體的和諧，顏崑陽也提醒讀者：「一個人變成心中眼中只有自己而沒有別人的『獨夫』，那同樣是陷落。」自然是另一種危機。

青少年朋友要避免成為「類人」，不妨保有赤子之心，不要太受到同儕和流行的文化影響，更不要模仿偶像，保有自身面目。而不要成為「獨夫」，不妨多關心社會議題，利用假期參與志工或公益活動。在新的時代裡，要用更新穎的生活態度，建立健全的價值觀，才會感受到真正的幸福與快樂。

聽河

蔣勳

因為突然的寒冷，我窗前的大河凍死無以計數的魚群，翻著白白的肚子，漂到我窗下的河灘，招潮蟹聚集在魚屍上，鷺鷥飛來，驅趕招潮蟹，啄食魚屍。「死亡」使我學習謙卑，這是我最近聆聽的關於河流的故事。

剛從印度回來的旺霖跟我說起那一條佛陀走過的大河。我們都想走一次，不是因為佛陀走過，而是因為眾生走過。

我今天無端落淚，竟是因為一位素未謀面的司法官員，因為她堅決不肯執行四十四名殺人犯的死刑。

有機構做了民調，這個島嶼上百分之七十四的民眾反對廢除死刑。

這四十四個人應該死亡，因為這四十四人犯了不可饒恕的罪，他們不應該活著。

廢除死刑於上一世紀末在歐洲爭議很久，爭議的現實利弊很多，討論關鍵是——人有沒有權力決定另一個人的死亡。

身上配戴勳章的軍人可能是「殺人犯」，刑場執行槍決的劊子手可能是「殺人犯」，在綜藝節目上煽動淫慾引發「殺人」行為，也可能是另一種「殺人犯」。

我回憶學生時代在歐洲有關圍繞「死亡」與「殺人」議題的困惑、探索、思維、論辯。

從百分之七十四的堅決贊成合法「殺人」，一步一步，轉變成百分之七十三點五，轉變成百分之七十三點三——

負責司法的部長，看起來這麼柔弱，卻意志篤定地說：我的任內絕不執行死刑。

她說：我願意替他們受刑。

她的堅決有可能使百分之七十四轉變成七十三點五嗎？或是刺激成百分之七十五？

我想起了波蘭導演奇士勞斯基，他的「殺人影片」裡有兩次的殺人，一次是殺人犯的殺人，一次是司法的殺人。殺人犯是一名青年，因為心愛的妹妹在車禍裡喪生，他一直累積著恨，對那一名肇事司機的恨，但是找不到那一名司機，最後演變成對所有司機的恨。

恨是報復的開始，因為失去心愛的人，所以恨，所以要報復。

被恨折磨，青年吃喝玩樂，但是恨沒有消失。因為恨，最終他殺死了一名司機，恨報復在一個不認識的人身上。

青年被逮捕了，他成為殺人犯，是「沒有理由」的惡質殺人。

粗暴的司法不會關心「理由」，粗暴的司法只是要為執行「殺人」找到正當性。

奇士勞斯基用很長的結尾拍攝「殺人犯」執刑的過程，檢察官查驗絞刑架，檢查繩索的牢固，檢查絞刑齒輪，檢查犯人的踏板，踏板下承接糞便尿液的托盤，檢查用來蒙臉的黑布——一次周密合理的「殺人」。

很精密的「殺人」過程，合法的殺人，有正當理由的殺人，在報復的恨裡沒有一點困惑與疑慮的殺人。

上一世紀末，波蘭或許多國家爭議起死刑存廢的問題，有受害者家屬哭泣著訴說失去心愛人的心痛，要求報復，人數不只百分之七十四。也有堅決的司法部長紅著眼眶說：我願意替他們服刑。

也有知識分子像奇士勞斯基，拍攝「殺人影片」，使大家可以更深地省思「殺人」的本質。

旺霖在說他陷入恆河泥沼時的種種，我聽到那一條大河億萬年來潺潺不斷的聲音——水流的聲音，潮來潮去，河灘上燃燒著屍體，屍體在火燄中嗶嗶啵啵的聲音，毛髮沾火在風中飛起吱吱的聲音，油脂冒出泡沫破滅時剝剝的聲音，骨骼成灰逝去的彷彿嘆息的聲音。

親人嚎啕哭泣的聲音，僧侶篤定誦經超度的聲音，螃蟹爭食碎肉殺殺的聲音，鷺鷥展翅亮起羽翮飛翔的聲音，魚類在水波中唼喋的聲音，一小片布匹在泥濘中腐爛化解的聲音，漂浮在大河上暫時依靠不到土地、一粒菩提種子渴望發芽的聲音——

好多好多的聲音，以及，據說是島嶼上百分之七十四比例堅持「殺人」的聲音，我都想低下頭來細細聆聽，以及一位看來孱弱卻如此篤定的聲音，她說：「我願意替他們服刑。」

因為突然的寒冷，我窗前的大河凍死無以計數的魚群，翻著白白的肚子，漂到我窗下的河灘，招潮蟹聚集在魚屍上，鷺鷥飛來，驅趕招潮蟹，啄食魚屍。「死亡」使我學習謙卑，這是我最近聆聽的關於河流的故事。

——選自《中國時報》（2010.03.19）

賞析

前南非總統曼德拉（Nelson Mandela）說過：「死刑是人類尚有獸性之證明。」在眾多社會問題中，「死刑是否廢除？」是台灣長期爭執不休的議題，歷來的民意調查都顯示，多數民眾反對廢除死刑，但依舊有來自國際的壓力，和不少法律人、作家和社團堅持著不同的看法。社會上永遠會有凶殘的、血腥的與不知悔改的罪犯，人們總會期待，以死刑將罪大惡極者永久隔離在社會之外，特別是被害人家屬的眼淚，往往是鞏固死刑存在的基石。可是蔣勳從淡水河上凍死的魚群中，從恆河邊印度教徒的葬禮上，逼視死亡，學習謙卑，理解死刑存在的根源是：人們仇恨與報復的心理作用，也因此可以不顧受刑人的行為動機，在反對殺人的律法之下，卻容許國家機器粗暴地殺人。

據說印度教徒們一生有三大夙願：到聖城朝拜溼婆神；到恆河洗聖浴、飲聖水；死後葬於恆河。青年作家謝旺霖在經歷西藏的流浪後（詳見《轉山》一書），到恆河漫遊見證了不同的生死觀。一條河流上流動的哭聲、誦經與生靈生滅等等，能讓我們以憐憫或寬容重新面對人世的罪惡？

作家張娟芬說過，倘若我們集體決定放棄了死刑，那是一個痛苦的決定，那也是一個高尚的決定，因為司法不免誤判，殺戮如此艱難，唯其如此，我們才保住了好人與壞人之間，那一點點的差別。

請試著從非主流的觀點中，從蔣勳的《聽河》一文開始，考驗我們的洞察力，進行一場思辨之旅吧！

流浪者之歌——舞動台灣的林懷民

須文蔚

小作家的密謀

一九六一年還在台中一中初中部的林懷民，叩響了《聯合報》副刊主編林海音在台北重慶南路三段宿舍的大門，親切的文壇大師接見了他。

林海音剛採用了他的一篇小說〈兒歌〉，對一個十四歲的孩子能夠嫻熟運用蒙太奇般的手法講故事，感到無比的好奇，於是把他引進狹仄的客廳裡，兩人暢快地交換了寫小說的想法與技巧。林海音覺得林懷民像一個熱切的冒險家，一股腦想闖進文學的國度中，於是鼓勵地說道：「好好地寫下去！有新作品就寄來《聯副》。」

正襟危坐的林懷民回答：「爸爸要我好好讀書，準備升學，不要再寄什麼稿子給您！」

「爸爸的話要聽，但是如果你真想創作的話，誰擋得住你？」林海音說罷，兩人會心大笑了起來。

林海音並不知道，其實林懷民十分畏懼忙於縣長公務的父親。為了尋求雲林縣長連任，父親林金生總是不在家，四處奔波、拜票與處理地方的紛爭。每每回到家中，父親都顯得十分疲累，口中談的多半是地方政治的合縱連橫，或是知識分子改造社會的壯志，文學或藝術都只是無濟於事的休閒。

林海音也不知道，小林懷民除了文章寫得好，也是舞癡。五歲那年，家人帶他去看了電影《紅菱艷》（The Red Shoes），林懷民迷上了芭蕾舞者的舞姿與愛情故事，反覆看了七、八遍。在家中模仿螢幕上舞者肢體舞動，把客廳裡的拖鞋全都跳壞，林媽媽趕緊替他特製一雙白色的舞鞋，那是林懷民的第一雙舞鞋。《聯合報》副刊給他的第一筆稿費，也花在生平第一次舞蹈課上。

少年林懷民暗暗密謀：「要逃開政治世家的束縛，就要寫小說！就要跳舞！」

雖然父親要林懷民念法律，希望他能夠繼承衣缽。在考上政大法律系之後，他隨即轉學到新聞系，大三的林懷民跟隨著旅美舞蹈家黃忠良學現代舞，才大學畢業就出版了小說集《變形虹》和《蟬》。文壇的讚譽如潮水般湧到務實與淑世的父親耳中，都顯得荒唐。

有個暑假，林懷民在家中遇見父親。父親問：「你這一輩子究竟想做些什麼？」

林懷民怯生生回答：「我希望有溫飽、有很多唱片，希望讀點書、寫點文章。」

林金生聽了淡淡一笑：「只是這樣嗎？不想想社會責任嗎？」

父親的一笑，把林懷民放逐到一個遙遠的國度，沒有法律、沒有政治、沒有父親的肯定與支持的荒野。

青年舞者的流浪記

退伍後，林懷民到美國密蘇里大學新聞系碩士班，展開流浪生涯。

不過青年林懷民不再逃避，而是充滿自信地流轉於不同的領域間，為了文學的愛好，他到愛荷華大學英文系小說創作班，取得藝術碩士學位；為了舞蹈的夢想，他正式在愛荷華學舞，也赴紐約瑪莎・葛蘭姆以及模斯・康寧漢舞蹈學校研習現代舞。

沒有家庭的奧援，學舞成為一件奢侈的興趣。暑假到了，林懷民在紐約郊區當侍者。有一天他在大廳值班，一個客人給的小費，嘩啦啦地從指間散落地上。從小衣食無缺的他發愣了：「該怎麼辦？要呢？還是不要呢？」在不到一秒的猶豫下，他想起自己是個侍應生，沒有理由不彎腰。於是他跪了下來，在太太、小姐們的高跟鞋中間，一夸特、一夸特地撿拾。積少成多，存下的錢不但可以學舞，每天跳六小時，他覺得這是學習舞蹈的最後機會，所以特別賣力。晚上花七角五分錢一張的學生票去看舞，站在劇院的高處，眼睛發亮地盯著舞者的律動，無數前衛的演出，滋養了流浪的舞者心靈。

一九七二年，林懷民帶著儲蓄的七百美元，展開一趟更遙遠的漫遊，他用學生票，繞道盧森堡、巴黎、葡萄牙、西班牙、義大利和希臘，然後回家。

在夏天的夜晚，他睡在公園的石凳上，以背囊為枕，或是住便宜的青年旅館，和背包客交換著旅行的方向。為了趕搭通往曼谷的午夜班機回台北，他提前到達雅典機場，忽然覺得自己不再是個孩子了，假期度完了，社會責任上肩膀了，想起要回到戒嚴時期的封閉島嶼，恐怕再也沒機會浪跡天涯，不禁悲從中來，跑進廁所大哭了一場。

舞動雲門

擦乾眼淚，回到台灣的林懷民很快投身到現代舞的推廣與教育上。

懷著忐忑的心情，在一九七三年二月九日，到台北南海路美國新聞處林肯中心，舉行現代舞表演及演講。就在演講結束的晚上，接到俞大綱先生的電話。

「林先生，今天的演講很精采，年輕人擠滿了現場，我站著聽完！」

林懷民怯怯地道：「謝謝！」

「內人和我明天晚上要到文藝中心看戲，剛好多了張票，你能不能陪我們去？」

縱使對平劇有些排斥，但由於敬畏俞先生，也就答應赴會。從此，俞先生看戲總是剛好多一張票，在俞先生細膩、精闢的詮釋下，讓林懷民認識了平劇，也啟發了林懷民把現代舞與傳統戲曲、藝術與思想結合在舞蹈創作上。

在一九七〇年代，結合傳統與現代，尋找自己的音樂、舞蹈與文學的呼聲，此起彼落。台灣省交響樂團的團長史惟亮以「中國現代樂府」為名，推廣本土音樂創作，邀請林懷民一起創作。於是林懷民引用《呂氏春秋》中的記載：「黃帝時，大容作雲門……」創辦了台灣第一個專業舞團「雲門舞集」，希望用中國人寫的音樂，讓中國舞者跳給中國人看。

雲門舞集讓當時貧瘠的文藝環境為之振奮，無論是《寒食》、《哪吒》和《白蛇傳》，不但受到觀眾的歡迎，更獲得評論界的讚譽。可是當時劇場並沒有專業分工，滿腔熱血的林懷民必須要把音樂、編舞、服裝、道具、燈光、場地、票務與文宣等工作，一肩扛下，更要張羅團員的薪資。林懷民總是右手領到政大發的薪水，左手就把錢交到雲門的排練場，應付團員的急需。

在舞台的燈光熄滅，當觀眾的掌聲停歇，他總是要愁苦下一場演出的舞碼，和無窮無盡的行政工作。

有一天，創作遇上了瓶頸，加上團務繁忙，林懷民忍不住向俞大綱抱怨：「創作好像走綱繩，根本不曉得明天會怎樣，真是要命。而且我百分之九十的時間必須去做些與藝術無關的事，才能維持舞團。」

俞先生像哄著孩子一樣，勸眼前蒼白與愁苦的年輕人：「別嘆氣！你這麼年輕，努力下去總有出路的。」

林懷民卻不領情地說：「不幹了，我要瘋了！」

不料，這句話惹火了俞大綱。他高聲道：「我活到今天，還想做點事情，把中國文化繼續在台灣傳承。世界亂成這個程度，我得了心臟病，太太中風，我還在努力！」老先生突然大力拍桌子怒斥：「雲門不許停辦！」

於是二十八歲的林懷民強打起精神，繼續編舞與帶領舞團。甚至在一九七六年帶團赴日，遭遇破產的危機，也沒有退卻。這時，曾任駐美大使的葉公超先生挺身而出，為雲門募款，從此舞者開始定期支薪，舞團也慢慢步上軌道。

失足與起身

雲門舞集並非從此一帆風順，一九七七年春天，俞大綱因癌症去世，同年史惟亮先生因心臟病去世，在思想上與音樂上引領雲門的兩位哲人遠去，讓林懷民在精神上頓失依靠。秋天，他在演出時，不慎失足，右小腿肌肉破裂，讓他必須暫時離開舞台。

在美國的風雪中穿梭在醫院與舞蹈教室間，離故鄉愈遠，林懷民卻有更貼近鄉土的構思：在苦悶的年代，為匍匐在土地上掙扎的人們發出嘶吼，以滿腔熱血寫作一首屬於台灣的史詩。他在一九七八年底推出了《薪傳》，敘述三百年前先民渡海前來，華路藍縷開拓台灣，綿延香火的故事。

林懷民把《薪傳》獻給故鄉嘉義，就在首演當天，十二月十六日的早上，美國政府宣布與中國大陸建交，低迷的氣氛彌漫在嘉義體育館中，六千名觀眾，隨著陳達〈思想起〉的歌聲，步入了台灣的悲歡歲月中。雲門請嘉義農專培植了一方禾苗，當舞台燈光照亮綠油油的稻禾，觀眾瘋狂地拍起手來。林懷民站在後台掉下了眼淚，他知道，故鄉從未看過現代舞的鄉親，是多麼以嘉南平原上的作物為傲。從「唐山」到「渡海」，從「拓荒」、「播種」，到「豐收」與「節慶」，觀眾面對變局的壓力釋放出來，台上與台下一起激動落淚，掌聲久久沒有停歇。

八〇年代尾聲，台灣錢淹腳目，辛苦拚搏與編舞的林懷民，突然發現原來在台下熱切的眼神，迷茫在大家樂和股票市場上。一九八八年底，他決定讓雲門暫停，讓自己再度去流浪。

一九九一年歸來後，他坐在台北街頭的計程車上，和司機談政治、經濟與生活，也慨嘆經營舞團的艱苦。這位司機突然正色問道：「哪個行業不辛苦？」

林懷民一時啞然，下了計程車後，正要駛離路邊的司機突然搖下車窗，高聲說：「林老師，加油！」

林懷民不由得想起在八〇年代，也曾遇到一位灰白平頭的司機先生，嚼著檳榔，話不多，透過後照鏡認出他，臨下車堅持不收車錢，堅定地說：「林先生，要更打拚，要替台灣人爭口氣！」

林懷民發現，雲門舞集是台灣人共同享有的一個夢，他不能中斷台灣人做夢的權利，於是起身，重新舞動雲門。

傳承流浪的基因

正因為貼近台灣的土地，雲門舞集從傳統與鄉土中汲取了豐富的養分，也才能征服歐洲、美加、日本等地的舞蹈界與媒體。林懷民獲獎無數，雲門舞集也得到不少企業家的贊助，沒有再傳出財務的危機。二〇〇四年二月，當他獲頒行政院文化獎時，在授獎舞台上卻聽見他說：「我很不好意思，我要謝謝評審，因為我很需要這筆錢。」

這筆為數新台幣六十萬元的獎金，究竟能夠幫雲門舞集度過怎樣的難關？台下觀眾無不發愣。

林懷民緩緩地說出他的想法，年少時他受過許多人的幫助，現在想成立一個「流浪者計畫」：「讓年輕藝術家可以來申請一筆錢，到海外從事自助式的『貧窮旅行』！」

藉由「流浪者計畫」，林懷民希望台灣年輕藝術家去壯遊天下，透過貧窮旅行，展開自我與自我的對話，追求屬於自己的冥想空間。而且一個人在國外，勢必要與陌生人對談，這樣才能夠擴大視野，汲取不同國家的文化經驗。

林懷民喜歡這麼說：「年輕時的流浪，是一生的養分。」他曾經叛逆與逃避，更曾經徬徨，但他回台灣後，堅持在鄉野的泥土上舞蹈，將傳統與現代融於一爐，而今更把流浪的基因傳承給青年，讓下一個世代的血管中響著濟慈的歌聲：「世上所有美好的事物都在流浪。」讓下一個世代去追逐、挫折、反思與重建世界觀。林懷民相信，當漂鳥返家時，父親念茲在茲的「社會責任」，將會播種在台灣的每個角落，鄭重地發芽與茁壯。

——選自《那一刻，我們改變了世界》（遠流，2011）

賞析

人們多半只看見林懷民在舞台上的光彩，卻忽略了他年少時的執迷與探索、青年時的努力與挫折，更重要的是，他能夠自由與踏實地活出自我本色，是因為他從未壓抑心靈深處的熱情。

林懷民從少年到青年的歷程，從法律、新聞、文學到舞蹈，跨越了四個不同的領域，他曾經叛逆與逃避，更曾經徬徨與無助，但他不斷探問自己的最愛、熱情與責任，勇敢追逐自己的夢想——舞蹈，他總愛引用瑪莎．葛蘭姆的話：「是舞蹈選擇了我，就這樣舞蹈變成我生命的全部。」林懷民巨大的創意能夠發揮，無疑是在年少時，就洞悉了自己的天賦與能量應當發揮在舞蹈上，不惜違背父母的期許，執著地在二十六歲時成立雲門舞集，振奮了台灣，舞動了世界，成為亞洲最重要的編舞家。

洪蘭教授說過：「人生最美滿的事是做你喜歡做的事，有人付錢請你做，還要求著你做，要達到這個地步，唯有找到你的天賦能力，盡力去發展它。」林懷民大概就是這樣的幸運兒。不過他並不是空有熱情與天賦，他更有著敏銳的觀察力，不時努力提醒自己要把頭伸出水面，然後才能看到外面的世界，看到自己的位子，才能對著蒼穹憧憬夢想。在他的創意歷程中，他既能夠接受西方現代舞蹈的技巧，又能鎔鑄京劇、文學、書法、太極導引乃至宗教思想於其中，他不斷攀越思想與創造力的高峰，這是他成功的祕訣。

林懷民還期待台灣的青年能更獨立、更創意也更具國際觀，於是他提倡「流浪者計畫」，希望青年藉由到不同的空間中，發酵出多元與創意的思維，引發更多異想天開的憧憬。

林懷民創意無窮的人生，是青少年值得仿效的榜樣。

想一想

1 討論一下林懷民跨越了多少個領域？在不同領域中的努力，是否對後來他創辦「雲門舞集」產生了不同的幫助？

2 想一想，流浪和壯遊的意義？

不幸福的年代

陳芳明

在不幸福的年代，星光不再是星光，廟宇不再是廟宇。人離開了人，神離開了神。

人類曾經活在一個茫昧無知的土地，依賴星光指引著方向。當人們仰首望向夜空，北斗七星俯照無邊的黑暗。在失去方位的時刻，仔細辨認遙遙顫抖的北極星，便可確知朝北朝南的位置。密布的星圖，曾經是地圖的一個反射。對於星辰，人類抱持敬謹，也懷著崇高的感謝。人不能不感到謙遜，只因為在星光照耀下，找到了道路。

人類也是不謙遜的。找到道路以後的心靈，卻反而迷失了。他們狂妄地把無辜的星升格為神。星光變成了星相，它不再指引人的道路，竟開始占卜人的命運。驕矜自負的人類，膨脹自我的智慧，甚至還以星光的代理人自居，篡奪神靈的位置，篡奪整個宇宙自然的發言權。如果在天地之間有一種超越的力量，而這股力量又在主宰星球的運行，那麼它一定是不能輕易下定義的。

不謙虛的台灣，輕狂浮躁地為這樣的超自然力量下定義。勇敢的台灣人，把這樣的力量狹窄地定義為「宋七力」或「妙天」。在茫昧無知的年代，對神的膜拜只為表達人的渺小與卑微。在不幸福的台灣，神變成了人的工具。被用來表達人的傲慢與自大。法師搖身成為巫師，既可掌控今生，又能追究前世。不知生焉知死的問題，對於這群混世妖僧而言，簡直是不存在的。

俯跪在巫師腳跟之前的，是知識分子，是民意代表，是政府官員。混亂的社會，終結的世紀，原就需要清醒的思考。然而，象徵最佳心靈的台灣知識分子，卻率領愚夫愚婦在巫師之前進行膜拜儀式。他們給予這種行為命名為「靈修」，卻為妖僧的罪行蒙上面紗，使混亂的社會更為混亂，使世紀末的心靈更加找不到出路。妖僧成為「高人」，佛學淪為鐵口直斷的命學，廟宇成為魑魅魍魎的祭壇。

幸福的年代可能永遠不再回來。人類曾經有過黑暗的社會，但是心靈有所依賴。他們看見星光，內心歌唱，並且以詩的形式虔誠表現出來。他們懷疑神，所以建造廟宇，表達自己的恐懼。現在的台灣，已經沒有懷疑，沒有恐懼。台灣人不相信神，對巫師與妖僧則深信不疑。富足豐饒的台灣社會，變得粗暴而野蠻。台灣人有的是錢；唯一欠缺的，則是幸福與快樂。

——選自《時間長巷》（聯合文學，1998）

賞析

現代人不只求神問卜，每天出門前看看今日運勢，交友、找工作乃至於選舉投票都不妨看看星座或命盤，討論術數靈異的節目更是風靡。事實上，從上個世紀六〇年代開始，從嬉皮運動開始，就有著一股崇尚神祕主義、藥物、星相學的風潮，從西方往台灣席捲而來，命相、星座乃至靈異方面的訊息，悄悄影響了我們觀察、思考與決斷的能力。

陳芳明在〈不幸福的年代〉這篇短文中，點出了台灣精神文明上的亂象，不僅星座專家成為新興教派的代言人，代替神祇指導姻緣、健康甚至政治。還有打著特異功能旗號的江湖術士，在新聞或是綜藝節目中表演手指識字、異物穿瓶、煮熟的種子會發芽，甚至見鬼通靈。有更甚者，各種假「靈修」之名的活動，由知識分子或政客帶領，使社會更為混亂。誠然，社會激烈的變遷，科學、理性與傳統宗教的教義或許並不能為人們解決所有問題，而大眾傳播媒體為了商機，於是加入渲染傳播各種新舊和中外術數，使社會大眾日常生活當中充滿了靈異和術數。

陳芳明的文字如同一把解剖刀，針砭了時代的弊端：「現在的台灣，已經沒有懷疑，沒有恐懼。台灣人不相信神，對巫師與妖僧則深信不疑。富足豐饒的台灣社會，變得粗暴而野蠻。台灣人有的是錢；唯一欠缺的，則是幸福與快樂。」同時告訴我們，一個懂得幸福與快樂的社會，應當是抱持著懷疑，應當是謙虛、文明與有所信仰的。

想一想

1 想一想，為什麼社會愈富足，人們愈不快樂？請討論如何讓生活中充滿幸福的感受。

2 請班上信仰佛教、基督教、天主教的同學分享一下，宗教如何協助他們注重行善與生活的規律？

小玩意

李明璁

如果明白了小玩意自身的生命意義，我們就可以不用再害怕睹物思人。畢竟，可愛的小玩意連結了人，卻從不背叛人；它們或許是「痛苦會過去、美麗留下來」（如雷諾瓦所言）的證據吧。

畢業的學生回校來訪，坐在我研究室裡左看右瞧，他們笑說：「老師你這裡的小玩意好像又變多了！」這話的對象物，顯然不是擠滿了櫃架的書本和CD，或者老樣子既無變換也沒增添的家具設備；而是，那些散布在不同角落的「某物」（something）。

比如，一排擬仿城市地貌的積木、一隻身穿學院毛衣的泰迪熊、一包哈瓦那生產卻名為「羅密歐與茱麗葉」的香菸、一塊一九八三年製任天堂棒球遊戲卡帶、一只「武藏野市境南町五丁目」的生鏽路牌、一本僅有一・五平方公分的迷你法文版《人權宣言》、一片押在百科全書裡日前才驚喜發現的乾燥楓葉……。

還有些：造型不一、但都不再走動的時鐘；或國籍不同的飲料空罐；或上了發條就會咯吱咯吱緩步前進的鐵皮機器人；或設計精巧、不捨丟棄的包裝紙盒；以及一堆人家送的「鴨子」小物（只因我的網路暱稱有個鴨字）：過期的鴨型餅乾、不香的鴨型肥皂、斷裂的鴨型鑰匙圈、甚至是沒裝電池的鴨型按摩棒……。

「小玩意」是種可愛又狡猾的泛稱——一個邊界游移且意義漂浮的括弧，收納所有在此時此地沒有明確名字與清晰效用的小東西。它們之中，有的是曾經風光而今過了賞味期限的老玩具、有的是本來該將腐朽的自然物或廢棄的人造物、有的則是銘刻著個人美好或哀傷記憶的象徵物。

對我來說，它們大多數不是刻意找尋的，全部只是剛好遇到罷了。這些小玩意不約而同欠缺市場行情，可能連拿去網拍都乏人問津。它們總是散漫無章，東一撮、西一塊地與小塵埃為伍。沒有系列感和價值感，缺乏理性歸納的秩序，是小玩意之所以不能稱之為「收藏品」的特徵。

就像電視節目裡的收藏家，每每訴說他們努力追尋後「總還欠缺了某一樣」；收藏的時態永遠指向未來，其本質是無止盡的匱乏：「就差那麼一點啊」。然而，小玩意卻有著類似羅蘭巴特論攝影的「此曾在」意涵：這一刻我所凝視的它確曾存在那兒；它指涉著過去一次性的完滿，似乎足矣，再也無欲無求。

如果機遇是隻看不見的鳥，四處飛翔尋覓下個停駐的肩頭；這些小玩意就是牠叼來給我們的果實，在某段人生旅程不經意的轉角，噹地一聲就出現在我們手上。小玩意也因此永遠離開它們各自的屬地，脫出它們原有的存在意義，和其他不同類別但同樣無以名狀的物件，共處在此時同一星系。

嚴格來說，小玩意也不是完全沒有功能，只不過那是一種加了引號、主觀意義上的「功能」，為了滿足我們心中某種偏執頑念。小玩意不提供任何客觀上的效用服務，卻因此得以被這個我所重新而完整地占有。它們忠實而恆久地只為我的記憶、執念或奇想服務，即使暫時被遺忘一旁，它們始終都在。

布希亞說得好：「小玩意真正的功能性存在於潛意識之中：這便是為何它會有這樣的蠱惑力……只要失去了具體的效益，物品便可被移轉至心智之用。」看來，無所用就是小玩意的大有用，這或許是資本主義物用邏輯中，最微型的小抗衡。

學生問我，身為一個受過人類學訓練的社會學者，為什麼要對既不人類也不社會的小玩意，如此嚴肅對待。我正經八百的回答是：因為它們其實深刻地體現著抽象的「文化」，投射出一幕幕人我互動的故事。

至於比較私密點的幕後告白則是：如果明白了小玩意自身的生命意義，我們就可以不用再害怕睹物思人。畢竟，可愛的小玩意連結了人，卻從不背叛人；它們或許是「痛苦會過去、美麗留下來」（如雷諾瓦所言）的證據吧。

——選自《中國時報》（2008.05.03）

賞析

收集小玩意是玩物喪志？還是可以品味出思想或情感？文學大師周作人就說過：「玩具是做給小孩玩的，然而大人也未始不可以玩；玩具是為小孩而做的，但因此也可以看出大人們的思想。」誠哉斯言，玩具是父母向子女傳遞價值觀和期望的信物，同時孩子選擇他所愛的玩具，不也同時展現出其喜好與個性？

李明璁的〈小玩意〉一文，展現出一個博物學家般的趣味，但他並不是刻意收集郵票、古玩或紀念品，從事「帝王的嗜好」（the king of hobbies）。以集郵為例，集郵迷要博古通今，為了收藏，絕對願意上窮碧落下黃泉，耗費金錢、專業知識與力量，誠如文中所說：

就像電視節目裡的收藏家，每每訴說他們努力追尋後「總還欠缺了某一樣」；收藏的時態永遠指向未來，其本質是無止盡的匱乏：「就差那麼一點啊」。

為了不陷入無窮盡的收集欲望，李明璁隨遇而安典藏小玩意，相對顯得閒適而趣味盎然。

李明璁珍藏友人的餽贈、過了風潮的老玩具、一朵乾燥花或是銘刻著個人記憶的象徵物。作者放大了感官，把朋友寄存，或是自己銘刻在小玩意上的情意，透過一篇短文，深情地傳達出來。同時在行文中不斷閃現出思考與知性，帶著哲思，提醒我們應當細細體會身邊的微小事物，彷彿從英國詩人布萊克（William Blake）的詩句：「一砂

一世界，一花一天堂，手中掌握無限，剎那即是永恆。」得到無窮的
啟發。

愛自己的方法

陳幸蕙

又是一頁早晨的掀啟。

解謎似拉開簾幔，太陽便像一柄大金鎚破窗而來。

並無刺瞳的碎破璃渣子飛濺，但眼睫還是反射性猛眨了一下。

玩這種光的遊戲、這種陰晴猜謎很刺激，成習上癮之後，便成為每日晨起不可或缺的一幕儀式。

潑在臉上金晃晃一捧麗陽，比兜頭澆淋而下一瓢清水還醒腦管用。如果更是意識到，一頁豔藍藍晴美吉日，又在歲月中翻開來與我們打個照面了，這世界畢竟不曾棄我們而去！——就在如此電擊似的瞬間，是不是，一種欲蘸筆濡墨的微妙心情亦因此而誕生？於是，美國女作家艾莉絲・華克如是說：

「寫詩，是我和這個世界共同慶祝的一種方式，慶祝我在前一個夜裡沒有自殺！」

寫詩，是艾莉絲・華克劫後餘生的紀念，是她愛自己的方法。

至於我，我不寫詩，不會寫，屬於艾莉絲・華克那樣的詩感覺與私感覺也未必有，但是，我把每一個日子當成一首「絕句」來經營。

絕句之絕，文學史如何詮釋定義我不管。在我的字典裡，它是絕無僅有、獨一無二的意思。因此，今天，永遠是時光激流中的孤島！妳要把它布置成一座花園呢？還是囚牢？還是歲月追殺的戰場？遂也永遠是最現實的自我倫理課題。

然後，夢寢中漂流一夜醒來，寂滅的昨日，幾乎不留一星泡沫，我們又抵達另一座新的時光小島了。

生命，因此，乃是一卷時光列嶼的回憶錄，是不容塗改修正的個人詩集吧？一頁一頁，好詩壞詩都有。當新的一頁早晨打開，把自己定位成一名生活詩人，卻非文字詩人，以寫「絕句」的心情度日，我想，那便是我愛自己的方法。

——其實，我們都想愛自己的，不是嗎？但，又為什麼經常愛得不好、不對或不堪呢？或許，愛自己原來比什麼都更需要加以學習？而大部分人終其一生，竟未曾把這最基礎的人生大事打點清楚？……

一首絕句，於我，是一束夜鶯自獻的高音，是一章企圖反擊虛無的證辭。因為愛上這個世界，便是痛苦與幸福同時愛上我們的歷程！

於是，在廣漠未知的時光海洋中繼續飄浮，如果可能，是的，我希望能再為絕句之紀，另添一義：

精采絕倫！

——選自《愛自己的方法》（爾雅，1996）

賞析

創造力的核心就在認識自己，重視自己與熱愛自己，看似容易，卻不是人人都辦得到。

作者引用了美國著名黑人女作家艾莉絲・華克（Alice Walker）討論寫詩的動機，是為了慶祝勇於面對困厄的人生，慶祝面對新的一天。華克生長在貧困的農人家庭，她童年時意外遭到玩具槍打中右眼，因為沒有汽車送醫，拖延一周後就醫，因而失明。自卑與害羞的華克為此封閉自己，以閱讀和寫歌來慰藉自我，靜靜觀察人世的變化。不會寫詩的人，也不妨用寫詩的心情，愛自己，愛自己存在的每一天。

陳幸蕙創意十足地把生活當作詩，以寫「絕句」的心情經營每一天。她說：「把自己定位成一名生活詩人，卻非文字詩人，以寫『絕句』的心情度日，我想，那便是我愛自己的方法。」當然，有人專愛寫悲傷、憂鬱與傷感的詩；有人特別喜歡歌詠人性的善良、世界光明的美景，其實生命的喜或悲，完全存乎一心。但是為何大多數的人經常感到不快樂？這和我們不懂得愛自己有莫大的關係。

當我們期望自我有所突破，能夠不斷往前闖，或許我們都應當要停下腳步，或許更應當傾聽陳幸蕙溫婉又堅定的提問：「愛自己原來比什麼都更需要加以學習？而大部分人終其一生，竟未曾把這最基礎的人生大事打點清楚？」重新認識自己，愛自己，才有真正破格而出的可能！不是嗎？

想一想

1 請分析一下，你的專長、你的興趣和你未來的工作規畫，三者之間有沒有關連性？為什麼三者之間會有差異？說說你對自己的觀察。

2 如何成為一個「生活詩人」？請提出一個更愛自己的創意與生活實踐。

什麼都靠補習的畸形教育觀念

楊照

為什麼許多受過高等教育的社會菁英，會願意付出極為昂貴的金額，請人家虐待自己的小孩？是不是這些家長都被用什麼方式洗腦了？

社會新聞引發的問題，很值得探究。不過與其去探究那個虐待小孩的補習班如何對家長洗腦，還不如退一步看看，早在進入那個補習班，聽到補習班的宣傳前，這些家長可能已經被集體社會風氣洗腦改造了的部分。

一個影響家長的社會觀念，是相信所有的學習都應該要花錢來換，連帶地，也就相信教育的品質跟花錢行為，把錢花在哪裡、花多少，息息相關。台灣的補教產業蓬勃發展程度，簡直令人嘆為觀止。最驚人的，是補教項目的五花八門，什麼東西都可以補，也就什麼東西都需要補。支撐這麼龐大產業的，正就是「受教育要花錢，花愈多錢能得到愈好的教育，不花錢就會害小孩『輸在起跑點』」的這一套連環價值觀念。

真的什麼都可以靠補習來教嗎？真的什麼都需要靠補習嗎？語文學習用補的，美術學習用補的，音樂學習用補的，體育技能也用補的，這樣一路補下去，自然就會變成連智力測驗也可以補，最後，連人格養成、個性發展都可以也都應該依賴補習班來幫忙了！

人格養成、個性發展，本來是「自我」最核心的部分，而人的成長，最重要也最關鍵的過程，也就是認識自我，知道自己是誰，自己想要做一個什麼樣的人，進而明白自己擁有怎樣的能力，適合做什麼樣的事。人類文明經驗給我們的教訓，解決「自我」問題，不能靠別人給的答案，必須自己去歷練去追尋，不是自己歷練追尋出來的，就不是「自我」。

今天的家長沒有耐心也沒有勇氣，給小孩自我歷練、自我追尋的空間。這是最大的問題。相信錢、相信補習班，其實是一種逃避、自欺的態度，努力說服自己：我已經花那麼多錢教小孩了，一定對小孩有幫助有好處。花了錢送小孩進補習班同時就可以推卸掉責任，不必真正關心小孩實際的個人成長感受，反正國文該這個名師負責、數學該那個名師負責，連小孩不要變成軟弱的草莓族，都可以靠貴死人的補習班來代替負責。

真正發揮最大洗腦作用的，是這樣的逃避與自欺吧！花了錢，家長自我感覺良好，但小孩呢？小孩被剝奪了找出自己生命道路的寶貴時光，因為總是在聽命於老師接受別人提供的學習內容，而喪失了找出自己真正興趣及未來自我學習的能力，這些是小孩付出的昂貴代價，補習班會在乎嗎？做家長的，可以矇著眼睛不管不在乎嗎？

——選自《聯合報》（2009.10.27）

賞析

青少年在追求自我的道路上，經常難以突破的牢籠是父母的關愛。紀伯倫在《先知》一書中提醒天下父母：「你們的孩子並不是你們的孩子，他們是生命對自身渴求的兒女。他們藉你們而來，卻不是因你們而來。儘管他們在你們身邊，卻並不屬於你們。你們可以把你們的愛給予他們，卻不能給予思想，因為他們有自己的思想。你們可以建造房舍蔭庇他們的身體，但不是他們的心靈，因為他們的心靈棲息於明日之屋，即使在夢中，你們也無緣造訪。」能夠放手讓孩子追尋自我的父母不多，於是紀伯倫將父母比喻成弓，孩子則是箭矢，叮嚀父母應當努力彎曲弓弦，讓箭矢準確地飛馳到無限的旅程上，而不是束縛子女在特定的道路上。

楊照原本也期望孩子能夠喜歡文學，沒想到女兒卻迷上音樂。在幾經思索後，楊照在寫給女兒的書《我想遇見你的人生》中，有了完全不同的領悟。他認為，父母最好當幫手，不要當指揮官，大人更應當忘掉當什麼樣的父母，讓小孩決定你會當什麼樣的父母，唯有如此，才能讓孩子具有獨立思考的能力與人生。

就以親子之間最常發生衝突的補習為例，究竟是學子有補習的必要？還是同學為了讓父母安心而非補不可？楊照回到人格養成與個性發展的角度，同時向父母與子女發問，這樣惡補下去，人們還能擁有獨立的自我嗎？或許親子之間可以從討論要不要補習開始，展開一連串洞察自我的理性討論，以認真、負責與誠懇的理念互動，相信有更開放的親子關係，就會有更具創造力的人生。

想一想

1 請列出一張清單，如果不補習，你會有更多時間自己閱讀、蒐集資料和寫作業？或是在補習班，你才會更有效率地完成作業？請比較兩者的優點與缺點。

2 想一想，你有自己閱讀、運動、畫畫或是彈琴的興趣嗎？是不是其中得到的快樂與成就感比較高？請思考並找出自己真正興趣的方法。

國家圖書館出版品預行編目資料

尋找小王子：培養青少年洞察力 / 須文蔚主編；
-- 初版. - 台北市：幼獅, 2012. 06
面；　公分. --（多寶槅；194）

ISBN 978-957-574-872-2（平裝）

855　　　　　　　　101008091

・多寶槅194・文藝抽屜

尋找小王子：培養青少年洞察力

編　　者＝須文蔚
出 版 者＝幼獅文化事業股份有限公司
發 行 人＝李鍾桂
總 經 理＝王華金
總 編 輯＝劉淑華
主　　編＝林泊瑜
編　　輯＝黃淨閔
美術編輯＝李祥銘
總 公 司＝10045台北市重慶南路1段66-1號3樓
電　　話＝(02)2311-2832
傳　　真＝(02)2311-5368
郵政劃撥＝00033368

門市
・松江展示中心：10422台北市松江路219號
電話：(02)2502-5858轉734　傳真：(02)2503-6601
・苗栗育達店：36143苗栗縣造橋鄉談文村學府路168號（育達商業科技大學內）
電話：(037)652-191　傳真：(037)652-251

印　刷＝崇寶彩藝印刷股份有限公司
定　價＝220元
港　幣＝73元
初　版＝2012.06
三　刷＝2013.07
書　號＝986248

幼獅樂讀網
http://www.youth.com.tw
e-mail:customer@youth.com.tw

行政院新聞局核准登記證局版台業字第0143號

幼獅文化公司／讀者服務卡／

感謝您購買幼獅公司出版的好書！
為提升服務品質與出版更優質的圖書，敬請撥冗填寫後（免貼郵票）擲寄本公司，或傳真（傳真電話02-23115368），我們將參考您的意見、分享您的觀點，出版更多的好書。並不定期提供您相關書訊、活動、特惠專案等。謝謝！

基本資料

姓名：____________________先生／小姐

婚姻狀況：□已婚 □未婚 職業：□學生 □公教 □上班族 □家管 □其他

出生：民國________年________月________日

電話：（公）________（宅）________（手機）________

e-mail：____________________

聯絡地址：____________________

1.您所購買的書名： **尋找小王子：培養青少年洞察力**

2.您通常以何種方式購書？：□1.書店買書 □2.網路購書 □3.傳真訂購 □4.郵局劃撥
（可複選） □5.幼獅門市 □6.團體訂購 □7.其他

3.您是否曾買過幼獅其他出版品：□是，□1.圖書 □2.幼獅文藝 □3.幼獅少年
□否

4.您從何處得知本書訊息：□1.師長介紹 □2.朋友介紹 □3.幼獅少年雜誌
（可複選） □4.幼獅文藝雜誌 □5.報章雜誌書評介紹________報
□6.DM傳單、海報 □7.書店 □8.廣播(　　　　　　)
□9.電子報、edm □10.其他________

5.您喜歡本書的原因：□1.作者 □2.書名 □3.內容 □4.封面設計 □5.其他

6.您不喜歡本書的原因：□1.作者 □2.書名 □3.內容 □4.封面設計 □5.其他

7.您希望得知的出版訊息：□1.青少年讀物 □2.兒童讀物 □3.親子叢書
□4.教師充電系列 □5.其他

8.您覺得本書的價格：□1.偏高 □2.合理 □3.偏低

9.讀完本書後您覺得：□1.很有收穫 □2.有收穫 □3.收穫不多 □4.沒收穫

10.敬請推薦親友，共同加入我們的閱讀計畫，我們將適時寄送相關書訊，以豐富書香與心靈的空間：

(1)姓名________e-mail________電話________
(2)姓名________e-mail________電話________
(3)姓名________e-mail________電話________

11.您對本書或本公司的建議：

廣 告 回 信
台北郵局登記證
台北廣字第942號

請直接投郵　免貼郵票

10045　台北市重慶南路一段66-1號3樓

幼獅文化事業股份有限公司 收

請沿虛線對折寄回

客服專線：02-23112832分機208　　傳真：02-23115368

e-mail：customer@youth.com.tw

幼獅樂讀網http：//www.youth.com.tw